La Conversion de Casanova

A trente ans, Hermann Hesse, installé au bord du lac de Constance, fit le bilan de sa vie. Il avait une femme, des enfants, une maison et un jardin. Il écrivait des livres, était apprécié comme poète, vivait en paix avec le monde, voyageait en Suisse, en Autriche, en Allemagne, en Italie et aux Indes. « Tout paraissait aller pour le mieux. » Six ans auparavant avait paru son premier roman, *Peter Camenzind*. Suivirent des nouvelles, qui étaient autant de fragments d'autobiographie, de petites dalles posées avec régularité sous les pas d'un écrivain qui cherchait sa voie. Hermann Hesse en était encore aux œuvres de jeunesse; des œuvres où s'affirmait sa vocation, où il grattait les plaies de son cœur. Les grandes désillusions, les véritables souffrances, il ne devait les éprouver que plus tard, après la Grande Guerre : « Survint l'été de 1914 et soudain tout fut bouleversé, au-dedans comme au-dehors. Ce qui commençait maintenant, c'était le malheur et sa terrible leçon... »

A trente ans, après avoir travaillé dans une fabrique d'horloges, chez un bouquiniste, puis chez un antiquaire, Hesse connut enfin son premier succès d'écrivain. « Si impossible que cela eût paru, j'étais devenu un poète, j'avais apparemment triomphé dans ma lutte opiniâtre et prolongée avec le monde. J'avais gagné, et, dès ce moment, mes actions les plus sottes et les plus insignifiantes, furent portées aux nues, tout comme j'étais, de mon côté, charmé par ma propre personne[1]. » Les nouvelles de cette période d'avant la guerre sont écrites avec la joie d'avoir réussi à faire entendre sa voix dans la cacophonie du monde et avec le sentiment de triomphe d'avoir, contre la volonté de la famille, pu imposer sa voie. Hermann Hesse y dit le mal de vivre tout en raillant les faux poètes et les veules esthètes. Les six nouvelles rassemblées dans *La Conversion de Casanova* font le portrait de l'artiste en jouisseur, en enfant gâté, en commis de l'absolu. A la veille de la catastrophe, Hermann Hesse ausculte une jeunesse fatiguée et diagnostique le mal du siècle : l'acédie.

L'*acedia*, cette mélancolie qui rongeait les mystiques et qui n'avait pas encore pris le nom de névrose, apparut sous son visage profane : le cafard. Le cafard était une pose esthétique. Il fallait, pour se dire homme de qualité, un certificat d'inaptitude à la vie et un diagnostic de désabusement précoce : « Il y a ceci de diabolique dans le cafard qu'il ne vous rend pas seulement malade; mais en même temps infatué de vous-même et myope, orgueilleux presque. On se prend pour cet Atlas de mauvais goût qu'évoque Heine, ayant sur le dos tous les mystères et toutes les misères du monde, comme si des milliers d'autres n'enduraient pas les mêmes souffrances et n'erraient pas dans le même labyrinthe[2]. »

La Conversion de Casanova s'ouvre et se clôt sur deux nouvelles de fin de vie : la retraite du jouisseur et le *taedium vitae* d'un homme qui a voulu, une seule fois, retrouver une seconde jeunesse. Les quatre nouvelles

(Suite au verso.)

centrales font le portrait d'une jeunesse qui prête l'oreille et n'entend partout que la chanson du déclin, la « mélodie frelatée de la vie ». Tout pourrit, durcit, mais jamais ne mûrit : « Tout avait changé, et tout était pourtant ridiculement reconnaissable. » Deux lois régissent la vie de l'homme, le besoin et l'ennui. La pourriture au-dehors, le vide au-dedans : c'est une jeunesse spectrale que décrivent ces fragments d'une autobiographie rêvée.

Une jeunesse qui n'est pas sans rappeler l'homme des premières pages de *La Généalogie de la morale,* cet homme divinement distrait, aux oreilles de qui l'horloge vient de sonner ses douze coups de midi et qui sursaute, s'écrie : « Quelle heure vient-il donc de sonner? » Nous aussi, dit Nietzsche, nous nous frottons parfois les oreilles après coup et nous nous demandons, tout étonnés, tout confus : « Qu'avons-nous vraiment vécu? » Qu'ai-je vécu? Qui suis-je? se demandent l'un après l'autre ces doubles de lui-même que Hermann Hesse fait défiler devant son miroir. Dans toutes ces interrogations se dessine l'esquisse d'une exigence qui s'affirmera, plus tard, dans ses livres majeurs, l'exigence de fidélité envers soi-même : la volonté d'être soi, de cheminer seul, de se réaliser. D'où le titre ironique de la nouvelle la plus lumineuse du recueil, *La Conversion de Casanova*, qui est en fait le récit d'une impossible conversion : le bonheur de Casanova, c'est sa fidélité à lui-même et à sa quête incessante des plaisirs.

Hermann Hesse fait le portrait de six égarés, saisis par le démon de l'acédie. L'un se fourvoie un moment, l'autre pour la vie. Mais le monde engrisaillé est sauvé par le regard plein d'ironie de Hermann Hesse, qui mêle le sérieux au comique, l'humour à la sentence, sachant avec Schopenhauer, son maître en ces jeunes années, que la fatalité met dans l'existence toutes les douleurs de la tragédie, mais « pour ne pas nous laisser au moins la dignité du personnage tragique, elle nous réduit, dans les détails de la vie, au rôle de bouffon ».

Linda Lê

1. *L'Enfance d'un magicien.*
2. *Peter Camenzind.*

HERMANN HESSE

Prix Nobel

La Conversion de Casanova

NOUVELLES

Traduit de l'allemand
par Edmond Beaujon

CALMANN-LÉVY

Dans Le Livre de Poche :

NARCISSE ET GOLDMUND
LE LOUP DES STEPPES
L'ENFANCE D'UN MAGICIEN
ROSSHALDE
LE DERNIER ÉTÉ DE KLINGSOR
PETER CAMENZIND
SIDDHARTHA
DAMIAN
LE POÈTE CHINOIS
SOUVENIRS D'UN EUROPÉEN
LE VOYAGE EN ORIENT

LA CONVERSION DE CASANOVA

Titre original de la nouvelle

CASANOVA BEKEHRUNG
(Extrait de *Legenden*)

I

A Stuttgart où l'avaient attiré la renommée universelle et le faste de la cour de Charles-Eugène [1], le chevalier d'industrie Giacomo Casanova n'avait pas eu de chance. En effet, il y avait aussitôt retrouvé, comme dans toutes les cités du monde, une série de vieilles connaissances parmi lesquelles la Vénitienne Gardella, alors favorite en titre du duc, et il avait passé gaiement d'étourdissantes journées dans la société des danseurs, des musiciens et des actrices avec lesquels il s'était lié d'amitié. Il lui semblait pouvoir compter sur un bon accueil auprès de l'ambassadeur d'Autriche, ainsi qu'à la cour et chez le duc lui-même. Mais à peine s'était-il mis en train que le galant homme se rendit un soir chez des femmes en compagnie de quelques officiers ; on joua, on but du vin de Hongrie et le résultat de ces réjouissances se solda, pour Casanova, par la perte de quatre mille louis d'or, la disparition de ses précieuses montres et bagues et par l'obligation de se faire ramener chez lui en piteux état. Il en était résulté un malheureux procès et les choses étaient allées si loin que l'aventurier, à cause de la perte de tous ses biens, se vit

1. Duc de Wurtemberg, 1737-1793.

en danger d'être incorporé de force dans les régiments du duc. Il avait alors estimé que le moment était venu de s'éclipser. Lui, que son évasion des Plombs de Venise avait rendu célèbre s'était échappé avec autant d'adresse de sa prison de Stuttgart ; il avait même sauvé ses malles et, en passant par Tübingen, avait gagné Fürstenberg où il s'était mis en sûreté.

C'est dans l'hôtellerie de ce lieu qu'il se reposait maintenant. Déjà pendant la route, il avait retrouvé sa tranquillité d'esprit ; toutefois, cette mésaventure l'avait violemment dégrisé. Il se voyait atteint dans ses ressources et sa réputation, déçu dans sa confiance aveugle en la déesse Fortune et jeté à la rue, du jour au lendemain, sans avoir fait de plan ni de préparatifs pour son voyage.

Néanmoins, cet homme remuant ne donnait pas du tout l'impression d'être une victime du destin. A l'hôtellerie, on le traita comme un voyageur de première classe, conformément à sa mise et à ses manières. Il portait une montre en or sertie de pierres précieuses, se servait de tabac à priser tantôt dans une boîte en or, tantôt dans une boîte en argent, mettait du linge extrêmement fin, des bas de soie, des dentelles de Hollande et il n'y avait pas longtemps que la valeur de sa garde-robe, de ses pierres précieuses, de ses dentelles et de ses bijoux avait été estimée à cent mille francs par un expert de Stuttgart. Il ne parlait pas l'allemand, en revanche, un français de Paris impeccable et son comportement était celui d'un homme riche et choyé, mais plein de bienveillance et qui voyage pour son plaisir. Il se montrait exigeant mais ne regardait pas à la dépense, ni pour sa note d'hôtel ni pour les gratifications.

Après un voyage précipité, il était arrivé à Fürstenberg vers le soir. Pendant qu'il se lavait et se poudrait, il donna l'ordre de préparer un succulent dîner qui l'aida, avec une bouteille de vin du Rhin, à passer fort vite et fort agréablement le reste de la journée. Puis il se coucha de bonne heure et dormit à merveille jusqu'au matin. C'est alors seulement qu'il se décida à mettre de l'ordre dans ses affaires.

Après le petit déjeuner qu'il prit tout en s'habillant, il sonna pour demander qu'on lui apportât de l'encre, une écritoire et du papier. Peu de temps après parut une jolie fille, bien stylée, qui disposa les objets demandés sur la table. Casanova remercia gentiment, d'abord en italien, puis en français et il se trouva que la jolie blonde comprenait les deux langues.

« Vous n'êtes certainement pas une femme de chambre, lui dit-il, très sérieux, mais avec amabilité. Vous êtes assurément la fille de l'hôtelier.

— Vous l'avez deviné, monsieur.

— C'est bien cela ? J'envie votre père, belle demoiselle. Voilà un homme heureux.

— Et pourquoi donc ? Vous croyez ?

— Sans aucun doute. Il peut donner chaque matin et chaque soir un baiser à la plus belle et à la plus aimable des filles.

— Oh ! non, monsieur, il n'en fait rien.

— Alors il vous fait du tort et il est à plaindre. A sa place, je saurais apprécier une pareille chance.

— Vous allez me rendre confuse.

— Voyons, mon enfant, ai-je l'air d'un don Juan ? Je pourrais être votre père, vu mon âge. »

En disant ces mots, il lui prit la main et poursuivit :

« Déposer un baiser paternel sur un tel front doit être une félicité bien attendrissante. »

Il l'embrassa doucement sur le front.

« Permettez cela à un homme qui est lui-même un père. Par ailleurs, je dois vous dire que votre main est admirable.

— Ma main ?

— J'ai baisé des mains de princesses qui ne sont rien en comparaison de la vôtre, sur mon honneur ! »

En disant cela il baisait sa main droite. Il baisa d'abord légèrement et respectueusement le dos de la main, puis il la retourna pour embrasser l'intérieur du poignet, après quoi il baisa chaque doigt l'un après l'autre.

La jeune fille rougissante éclata de rire, se retira en faisant une révérence quelque peu narquoise et quitta la chambre.

Souriant, Casanova s'assit à la table. Il prit une feuille de papier et, d'une écriture élégante et déliée, marqua la date : « Fürstenberg, 6 avril 1760. » Puis il se prit à réfléchir. Mettant la feuille de côté, il sortit un petit canif en argent de la poche de son gilet de velours et passa un moment à se limer les ongles.

Sur quoi il se mit à écrire rapidement, presque sans faire de pauses, l'une de ces missives désinvoltes dont il avait le secret. Elle était adressée à ces officiers de Stuttgart qui l'avaient réduit à la dernière extrémité. Il les accusait d'avoir ajouté un narcotique au vin de Tokay afin de le tromper au jeu et de permettre aux filles de joie de le dépouiller de ses valeurs. Il concluait en leur lançant un défi catégorique : dans les trois jours, ils devaient se trouver à Fürstenberg où il les attendrait dans l'agréable espoir de les tuer tous les trois en duel et, par cet exploit, de doubler le rayonnement de sa célébrité en Europe.

Il rédigea cette lettre en trois exemplaires qu'il adressa séparément à Stuttgart. Pendant qu'il préparait ces envois, on frappa à la porte. C'était encore la jolie fille de l'hôtelier. Elle était navrée de le déranger, mais tout à l'heure, elle avait oublié d'apporter le sablier. C'est pourquoi elle revenait avec l'objet et présentait toutes ses excuses.

« Comme cela tombe bien ! s'écria le chevalier, qui avait quitté son fauteuil. Moi aussi, j'avais tout à l'heure oublié quelque chose et je vais pouvoir réparer cet oubli.

— Vraiment ? Et de quoi s'agit-il ?

— J'ai fait offense à votre beauté en omettant de vous embrasser aussi sur la bouche. Je suis heureux de pouvoir me rattraper maintenant. »

Avant qu'elle pût se dérober, il avait passé le bras autour de sa taille et l'avait attirée contre lui. Elle jeta des cris aigus et tenta de se défendre, mais si discrètement que l'habile soupirant vit sa victoire assurée. Avec un sourire exquis, il l'embrassa sur la bouche et elle lui rendit son baiser. Puis il se rassit dans son fauteuil, la prit sur ses genoux et lui tint les mille propos tendrement badins qu'il avait toujours à sa disposition, en trois langues, pour toute éventualité. Encore quelques baisers, une plaisanterie galante, un léger éclat de rire et la blonde s'avisa qu'il était temps de se retirer.

« Ne me trahissez pas, mon amour. Au revoir ! »

Elle sortit de la chambre. Casanova se mit à siffler une mélodie vénitienne, arrangea sa table et reprit son travail. Il cacheta les trois lettres et alla les remettre à l'hôtelier pour qu'il les expédiât par courrier spécial. En même temps, il jeta un coup d'œil dans la cuisine où de nombreuses marmites étaient suspendues sur le feu. L'hôtelier l'accompagnait.

« Qu'y a-t-il de bon aujourd'hui ?

— Des truites fraîches, monsieur.

— Frites ?

— Frites, certainement.

— Quelle huile employez-vous pour la friture ?

— Pas d'huile, monsieur le baron. Notre cuisine se fait au beurre.

— Ah bon ! Où est donc le beurre ? »

On le lui montra et, l'ayant flairé, il donna son approbation.

« Veillez à avoir du beurre parfaitement frais tous les jours, aussi longtemps que je serai chez vous. A mettre sur ma note, naturellement.

— Vous pouvez y compter.

— Patron, votre fille est une perle. Elle est bien portante, jolie et sage. Je suis père moi-même, cela vous aiguise le regard.

— Il y en a deux, monsieur le baron.

— Comment, deux filles ? Adultes toutes les deux ?

— Mais oui. Celle qui vous a servi est l'aînée. Vous verrez l'autre au moment du repas.

— Je ne doute pas qu'elle fasse honneur, autant que son aînée, à votre éducation. Je n'estime rien tant chez les jeunes filles que la modestie et l'innocence. Celui qui a lui-même une famille peut seul savoir tout ce que cela veut dire et avec quels soins la jeunesse doit être préservée. »

Le voyageur consacra le temps qui lui restait avant le déjeuner à sa toilette. Il se rasa lui-même, car son domestique n'avait pu l'accompagner dans sa fuite lorsqu'il avait quitté Stuttgart. Il se poudra, changea d'habit et remplaça ses pantoufles par d'élégants souliers dont les boucles dorées avaient la forme d'un lys et qui provenaient de Paris. Comme ce n'était pas encore tout à fait le moment d'aller à table, il tira d'une serviette une liasse de feuillets couverts d'écriture qu'il commença aussitôt à étudier, le crayon à la main.

C'étaient des tableaux numériques et des calculs de probabilité. En organisant à Paris des bureaux de loto, Casanova avait renfloué les finances royales qui étaient en fort mauvais état et il y avait gagné une fortune. L'un de ses cent projets d'avenir était de perfectionner son système et de l'introduire dans des résidences à court d'argent, peut-être à Berlin ou à Petersbourg. Tandis que son index suivait les colonnes de chiffres et que son œil les survolait d'un regard expert et rapide, son imagination jonglait avec les millions.

A table, les deux filles assuraient le service. Le repas fut excellent, le vin aussi et parmi les convives, Casanova découvrit au moins une personne avec laquelle il valait la peine de converser. C'était un bel esprit, un demi-savant modestement vêtu et encore jeune qui parlait assez bien l'italien. Il prétendait avoir l'intention de faire un voyage d'études à travers l'Europe et travailler pour l'instant à une réfutation du dernier ouvrage de Voltaire.

« Vous m'enverrez votre livre lorsqu'il sera publié, n'est-ce pas ? J'aurai l'honneur de prendre ma revanche en vous soumettant une œuvre que j'ai écrite pendant mes heures de loisir.

— L'honneur sera pour moi. Puis-je vous en demander le titre ?

— Certainement. Il s'agit d'une traduction italienne de l'*Odyssée* à laquelle je travaille depuis longtemps déjà. »

Puis il se mit à parler d'abondance, avec beaucoup d'esprit et de facilité des caractères propres à sa langue maternelle, de la métrique et de la poétique, des rimes et du rythme, d'Homère et de l'Arioste, du divin Arioste dont il déclama une dizaine de vers.

Malgré cela, il trouva encore l'occasion de dire quelque chose d'aimable aux deux jolies sœurs. Et, au moment où l'on se leva de table, il s'approcha de la plus jeune, lui adressa quelques paroles pleines de gentillesse et de respect et lui demanda si elle avait quelque connaissance dans l'art de la coiffure. Comme elle répondait par l'affirmative, il la pria de lui rendre à l'avenir ce service tous les matins.

« Oh ! je saurais tout aussi bien le faire moi-même, s'écria l'aînée.

— Très bien. Alors nous alternerons. » Et s'adressant à la cadette :

« Donc, demain après le petit déjeuner, n'est-ce pas ? »

L'après-midi, il écrivit encore plusieurs lettres, notamment à la danseuse Binetti, de Stuttgart, qui l'avait assisté dans sa fuite et à laquelle il demandait de s'occuper du valet qu'il avait laissé là-bas. Ce domestique s'appelait Leduc, passait pour un Espagnol et n'était qu'un propre-à-rien, mais d'une grande fidélité et Casanova tenait plus à lui qu'on ne l'eût cru possible de la part d'un homme aussi frivole.

Il écrivit ensuite une lettre à son banquier hollandais, puis une autre encore à une ancienne maîtresse qui habitait Londres. Après quoi il se mit à réfléchir à ce qu'il y avait lieu d'entreprendre dans l'immédiat. D'abord il devait attendre l'arrivée des trois officiers, ainsi que des nouvelles de son domestique. A la pensée des duels au pistolet qui le menaçaient, il devint sérieux et décida de revoir son testament encore une fois le lendemain. Si tout allait bien, il pensait, par des chemins détournés, gagner Vienne où il pourrait faire usage de ses nombreuses lettres de recommandation.

Après une promenade, il prit son repas du soir, puis resta à lire dans sa chambre, car il attendait pour onze heures la visite de la fille aînée de l'hôtelier.

Les souffles chauds du foehn enveloppaient la maison, traînant avec eux de courtes averses. Casanova passa les deux jours suivants comme les précédents, à la seule exception que désormais, la seconde jeune fille lui tenait souvent compagnie. Ainsi, à côté de la lecture et de la correspondance, il était assez occupé à jouir de ses amours et à détourner prudemment la menace perpétuelle de scènes de surprise et de jalousie entre les deux blondes. Il disposait avec une sage pondération des heures du jour et de la nuit, n'oubliait pas non plus son testament et tenait à portée de la main ses beaux pistolets avec tous leurs accessoires.

Seulement voilà, les trois officiers qu'il avait provoqués en duel n'arrivaient pas. Ils ne vinrent et n'écrivirent pas davantage le troisième jour que les deux précédents. Comme son premier mouvement de colère s'était depuis longtemps refroidi, l'aventurier ne trouva en somme rien à redire à cela. Il était moins tranquille au sujet de l'absence de son valet Leduc. Il décida de patienter un jour de plus. En attendant, les jeunes amoureuses le dédommageaient de ses leçons sur l'*ars amandi* en lui enseignant un peu d'allemand et, comme toujours, il fit preuve d'une infinie docilité.

Le quatrième jour, Casanova faillit perdre patience. C'est alors qu'assez tôt dans la matinée Leduc arriva au galop sur une monture couverte d'écume, éclaboussé des pieds à la tête par la boue du premier printemps. Ému et joyeux, son maître lui souhaita la bienvenue tandis que Leduc commençait en hâte à faire son rapport, avant même de se jeter sur le pain, le jambon et le vin qu'on lui avait préparés.

« Avant tout, monsieur le Chevalier, commença-t-il, retenez des chevaux et dépêchons-nous d'atteindre aujourd'hui encore la frontière suisse. Il est vrai qu'aucun officier ne viendra se battre avec vous, mais je sais de façon certaine que, si vous restez où vous êtes, vous serez bientôt traqué par des espions, des sbires et des tueurs à gages. On dit que le duc lui-même est furieux contre vous et qu'il vous refuse sa protection. Donc, hâtez-vous ! »

Casanova ne réfléchit pas longtemps. Il ne perdit pas la tête, car en d'autres temps, le malheur l'avait déjà talonné de beaucoup plus près encore. Néanmoins, il donna raison à son Espagnol et commanda des chevaux pour gagner Schaffhouse.

Il lui restait peu de temps pour prendre congé. Il paya sa note, donna à la sœur aînée un peigne en écaille en guise de souvenir et promit solennellement à la cadette de revenir le plus tôt possible ; ayant bouclé ses malles, il se trouva installé dans une chaise de poste à côté de Leduc, trois heures à peine après l'arrivée de ce dernier. On agita des mouchoirs, on s'adressa des paroles d'adieu, puis la diligence bien attelée tourna dans la cour pour sortir dans la rue et s'éloigna rapidement sur la grande route mouillée.

II

Être obligé de s'enfuir précipitamment et sans préparatifs dans un pays qui vous est totalement étranger, cela manquait certes d'agrément. Leduc fut contraint de révéler à son maître affligé que son beau cabriolet de voyage, acheté quelques mois auparavant, était resté aux mains des gens de Stuttgart. Pourtant Casanova retrouva sa bonne humeur aux environs de Schaffhouse et lorsque la frontière fut franchie et qu'on atteignit le Rhin, il ne manifesta nulle impatience en apprenant que la Suisse ne possédait encore aucun service de poste exprès.

On retint donc des chevaux de louage pour le trajet jusqu'à Zurich et, pendant qu'on les préparait, on put prendre un bon repas en toute tranquillité.

Tout en mangeant, ce voyageur avisé ne manqua pas de prendre en hâte quelques renseignements sur le genre de vie et les conditions d'existence du pays étranger dans lequel il venait d'arriver. Une chose qui lui plut beaucoup, ce fut de voir l'aubergiste présider en père de famille la table d'hôte, et son fils, bien que celui-ci eût le grade de capitaine dans les troupes impériales, se tenir sans fausse honte derrière la chaise du voyageur pour changer les assiettes et assurer le service. Aux yeux du pèlerin qu'il était, de l'homme à la vie fiévreuse qui accordait beaucoup d'importance aux premières impressions, cela semblait être le signe qu'il était arrivé dans un pays honnête, où des hommes non corrompus jouissaient d'une existence simple mais pourtant confortable. Aussi se sentait-il à l'abri des colères du tyran de Stuttgart et respirait-il avidement l'air de la liberté, après avoir si longtemps fréquenté les cours et servi les princes.

La voiture louée arriva à l'heure dite et l'on poursuivit la route vers Zurich, en direction d'un ciel baigné par l'or du couchant.

Quand Leduc vit son maître céder à l'humeur rêveuse qui succède au repas et s'appuyer contre le dossier capitonné, il attendit encore un moment afin de voir s'il avait envie de converser, puis il s'endormit. Casanova ne faisait pas attention à lui.

Il se sentait agréablement ému en songeant, d'une part, aux adieux des jeunes filles de Fürstenberg, d'autre part au bon dîner qu'il venait de faire et aux impressions nouvelles qu'il avait éprouvées en arrivant à Schaffhouse ; les nombreuses agitations des dernières semaines une fois calmées, il se rendait compte, avec une certaine lassitude, qu'il n'était décidément plus tout jeune. A vrai dire, il n'avait pas encore le sentiment que l'étoile de sa brillante et vagabonde existence commençât à décliner. Cependant, il se livrait à des considérations auxquelles les sans-patrie sont sujets beaucoup plus tôt que les autres hommes, considérations sur l'approche inéluctable de la vieillesse et de la mort. Il avait confié sans réserve son existence à la Fortune et cette déesse inconstante l'avait toujours favorisé, gâté, lui avait accordé davantage qu'à des milliers de rivaux. Mais il savait que la Fortune aime exclusivement la jeunesse, que la jeunesse passe vite et qu'elle est sans retour ; il ne se sentait plus très sûr de la sienne et se demandait si elle ne l'avait peut-être pas déjà quitté.

Sans doute n'avait-il que trente-cinq ans, mais il lui semblait avoir vécu quatre ou même dix fois plus longtemps. Non seulement il avait aimé au moins cent femmes, mais il était allé en prison, il avait passé de torturantes nuits sans sommeil, vécu des jours et des semaines en voiture sur les routes, connu l'angoisse de l'homme compromis et pourchassé. Ensuite, il s'était de nouveau lancé dans d'excitantes affaires, avait passé des nuits épuisantes à jeter des regards brûlants sur les tables de jeu de toutes les villes du monde, ramassant une fortune et la perdant pour la regagner une nouvelle fois. Il avait vu plusieurs de ses amis errer comme lui par toute la terre en vaillants apatrides et chasseurs de bonne fortune, puis tomber dans la misère et la maladie, la captivité et la honte. Certes, il y avait bien cinquante villes dans lesquelles il comptait des amis et des femmes qui lui étaient attachés, mais voudraient-ils se souvenir de lui si un jour il se présentait à eux malade, âgé et demandant l'aumône ?

« Tu dors, Leduc ? »

Le valet se réveilla en sursaut.

« Qu'y a-t-il à votre service ?

— Dans une heure nous serons à Zurich.

— C'est bien possible.

— Connais-tu Zurich ?

— Aussi peu que mon père, que je n'ai jamais vu. Ce doit être une ville comme les autres, sauf que les blondes y prédominent, d'après ce que j'ai entendu dire.

— Je suis lassé des blondes.

— Tiens, tiens ! Depuis Fürstenberg, je suppose ? Ces deux filles ne vous ont pourtant pas fait de mal.

— Elles m'ont coiffé, Leduc.

— Coiffé ?

— Coiffé. Et appris un peu d'allemand, à part cela, rien.

— Était-ce trop peu ?

— Trêve de plaisanterie. Je me fais vieux, tu sais.

— Même aujourd'hui ?

— Sois raisonnable. Pour toi aussi, ce serait bientôt le moment, ne trouves-tu pas ?

— De vieillir ? Non. D'être raisonnable, oui, si cela peut se faire honorablement.

— Tu es un cochon, Leduc.

— Permettez, ce n'est pas exact. Des espèces apparentées ne se dévorent pas entre elles et je n'estime rien tant que le jambon frais. Celui de Fürstenberg était d'ailleurs trop salé. »

Ce genre d'entretien n'était pas du tout celui que le maître eût souhaité. Cependant il ne gronda pas, car il était trop fatigué et d'humeur trop clémente pour cela. Il se tut et fit en souriant un geste de dénégation. Il éprouvait une certaine somnolence et ne parvenait plus à rassembler ses idées ; tandis qu'il sombrait dans un demi-sommeil extrêmement léger, ses souvenirs refluèrent jusqu'au temps de sa prime jeunesse. Dans une atmosphère de couleurs et de sensations radieuses, il rêva d'une Grecque qu'il avait rencontrée alors qu'il était un tout jeune fat, sur un bateau devant le port d'Ancône et de ses premières et fantastiques aventures à Constantinople et à Corfou.

Pendant ce temps, la voiture allait bon train et roulait sur des pavés au moment où le dormeur se redressa brusquement ; tout de suite après, elle franchit un pont sous lequel bruissait une eau noire qui reflétait des lueurs rougeoyantes. On était arrivé à Zurich, devant l'hôtel de l'*Épée*.

A l'instant, Casanova se sentit frais et dispos. Il s'étira, descendit de voiture et fut accueilli par un hôtelier déférent. Nous voilà donc à Zurich, se dit-il. Et, bien que la veille encore il eût eu l'intention de se rendre à Vienne et qu'il ne sût pas le moins du monde ce qu'il allait faire à Zurich, il regarda joyeusement autour de lui, suivit l'hôtelier dans la maison et se choisit une chambre confortable avec antichambre, au premier étage.

Après le dîner, il revint bientôt à ses précédentes considérations. Plus il se sentait en sécurité et à l'aise, plus la situation fâcheuse à laquelle il venait d'échapper le rendait soucieux après coup. Devait-il volontairement affronter une nouvelle fois de pareils dangers ? Alors qu'une mer houleuse l'avait jeté sur un paisible rivage sans qu'il y eût de mérite, irait-il sans nécessité s'abandonner aux vagues une fois de plus ?

Si son compte était exact, le chiffre de sa fortune en argent, lettres de crédit et biens mobiliers s'élevait à peu près à cent mille thalers. Pour un homme sans charge de famille, cela suffisait à lui assurer pour toujours une vie tranquille et confortable.

Ce fut avec ses pensées qu'il alla se coucher et, pendant son long et paisible sommeil il fit une série de rêves de paix et de bonheur. Il se vit propriétaire d'un beau domaine campagnard, menant une vie sereine et libre, loin des cours, de la société et de ses intrigues, entouré d'images toujours nouvelles, pleines de charme et de fraîcheur rustique.

Ces rêves étaient si beaux et tellement saturés d'un sentiment de pur bonheur qu'en se réveillant le matin Casanova fut saisi par un désenchantement presque douloureux. Cependant, il résolut aussitôt d'obéir à ce dernier signe que lui faisait sa bonne étoile et de transformer ses rêves en réalité. Qu'il achetât une propriété dans cette région ou qu'il retournât vivre en Italie, en France ou en Hollande, de toute façon il voulait désormais renoncer aux aventures, à la chasse au bonheur, au brillant d'une vie tout extérieure et se créer aussitôt que possible une existence tranquille, indépendante et sans soucis.

Tout de suite après le petit déjeuner, il ordonna à Leduc d'assurer la surveillance de ses chambres et il quitta l'hôtel, seul et à pied. Un besoin qu'il n'avait plus éprouvé depuis longtemps entraîna ce grand voyageur du côté de la campagne, vers les prairies et les forêts. Il laissa bientôt la ville derrière lui et, sans se presser, se mit à longer les rives du lac. Un air printanier, doux et tiède, ondoyait sur les prairies d'un vert cendré où les premières fleurs jaunes brillaient gaîment, tandis qu'en bordures des prés, on voyait dans les haies les feuilles rouge foncé des bourgeons prêts à éclater. De lumineux nuages délicatement arrondis voguaient dans le bleu aquarellé du ciel tandis que dans le lointain se déployaient en demi-cercle les silhouettes dentelées des Alpes, blanches et solennelles, au-dessus des contreforts gris cendré et bleutés des forêts de sapins.

Quelques bateaux à rames, quelques péniches à grandes voiles triangulaires naviguaient sur le lac faiblement agité ; le long de la rive, un bon chemin soigneusement entretenu traversait de charmants villages, dont la plupart des maisons étaient en bois. Des charretiers et des paysans croisaient le promeneur et plusieurs d'entre eux le saluèrent amicalement. Tout cela lui sembla charmant et raffermit ses intentions raisonnables et vertueuses. A l'extrémité d'une rue de village, il donna une petite pièce d'argent à un enfant qui pleurait et, dans une auberge où il fit halte après une marche d'environ trois heures et où il prit un casse-croûte, il offrit avec affabilité à l'hôte une prise de sa tabatière.

Cependant, Casanova n'avait aucune idée de la région dans laquelle il se trouvait et, d'ailleurs, il ne lui eût servi à rien de savoir le nom d'un village parfaitement inconnu. Il éprouvait un véritable bien-être à respirer cet air léger, pénétré de soleil. Il était suffisamment reposé de ses récentes fatigues ; son cœur éternellement épris se tenait enfin tranquille un moment et prenait une journée de relâche, de sorte que, pour l'instant, il ne voyait rien de plus beau que de déambuler ainsi pour son plaisir et sans aucun souci dans un pays étranger et magnifique. Comme il rencontrait à tout moment des groupes de villageois, il ne courait nul danger de se perdre.

Grâce au sentiment de sécurité que lui inspiraient ses dernières résolutions, il goûtait à présent le plaisir de jeter un regard rétrospectif sur son existence mouvementée et vagabonde comme sur un spectacle qui le touchait ou le divertissait sans troubler pour autant sa tranquillité du moment. Sa vie avait été hasardeuse et souvent dissolue, il en convenait lui-même ; cependant, à la considérer dans son ensemble, elle avait été, indubitablement, une sorte de jeu plein de charme, de couleur, de désinvolture qui s'était révélé payant et auquel on avait pu prendre plaisir.

Tandis qu'il commençait à ressentir une certaine fatigue, son chemin l'avait conduit dans une large vallée entourée de hautes montagnes. Une grande et somptueuse église s'élevait là, flanquée de vastes bâtiments. Étonné, il en déduisit qu'il devait s'agir d'un monastère et se félicita d'être arrivé sans le savoir dans une contrée catholique.

Tête nue, il entra dans l'église où il contempla les marbres, les ors et les tapisseries précieuses avec une admiration grandissante. On célébrait justement la dernière messe de la journée, qu'il écouta avec recueillement. Puis, curieux d'en apprendre davantage, il se rendit à la sacristie où se trouvaient réunis un assez grand nombre de bénédictins. Reconnaissable à la croix qu'il portait sur la poitrine, leur abbé répondit au salut de l'étranger en lui demandant poliment s'il désirait voir les curiosités de l'église.

Casanova accepta l'offre avec plaisir et, guidé par l'abbé en personne, accompagné de deux frères, il visita tous les trésors et reliques de l'église qu'il examina avec la discrète curiosité du voyageur cultivé, se fit raconter l'histoire et les légendes du sanctuaire et, s'il se trouva quelque peu embarrassé, ce fut seulement parce qu'il ignorait en quel lieu il pouvait bien se trouver et comment s'appelaient l'endroit et le monastère.

« Où donc êtes-vous descendu ? lui demanda finalement l'abbé.

— Nulle part, Monseigneur. Arrivé à pied de Zurich, je suis aussitôt entré dans l'église. »

Charmé par le zèle pieux de ce pèlerin, l'abbé l'invita à sa table, ce qui fut accepté avec reconnaissance. Cependant, comme l'abbé le prenait pour un pénitent itinérant qui avait fait un long trajet à pied pour trouver réconfort en ce lieu, Casanova ne pouvait plus, à cause de cela, s'informer de l'endroit où il se trouvait. D'ailleurs, il s'entretenait en latin avec l'ecclésiastique, car l'allemand présentait pour lui trop de difficultés.

« Nos frères sont en plein carême, poursuivit l'abbé, mais je dois vous dire que Sa Sainteté Benoît XIV m'a octroyé un privilège qui m'autorise, ainsi que trois de mes hôtes, à consommer de la viande tous les jours. Voulez-vous comme moi bénéficier de ce privilège ou bien préférez-vous jeûner ?

— Loin de moi l'idée, monsieur l'abbé, de ne pas faire usage de la permission du pape, non plus que de refuser votre aimable invitation. Cela pourrait passer pour de l'arrogance.

— Alors, mettons-nous à table ! »

Dans la salle à manger de l'abbé, le bref du pape en question, sous verres et dûment encadré, était effectivement accroché à la paroi. On avait préparé deux couverts, auxquels un serviteur en livrée ajouta un troisième.

« Nous serons trois pour le repas. Vous-même, moi et mon chancelier. Le voilà justement.

— Vous avez un chancelier ?

— Oui. Comme abbé de Marie-Einsiedeln, je suis prince de l'Empire romain et j'en exerce les charges. »

C'est ainsi que l'invité apprit enfin où il était arrivé par hasard et se félicita d'avoir découvert d'une manière si imprévue et dans des circonstances aussi originales le fameux monastère. Pendant ce temps, on avait pris place autour de la table et l'on commença à manger.

« Vous êtes étranger ? demanda l'abbé.

— Vénitien, mais en voyage depuis assez longtemps déjà. »

Pour l'instant, il n'avait pas à mentionner le fait qu'il était un proscrit.

« Et vous allez poursuivre votre voyage en Suisse ? Dans ce cas, je serais tout disposé à vous donner quelques recommandations.

— J'accepte votre offre avec gratitude. Toutefois, avant de reprendre mon voyage, je souhaiterais que vous m'accordiez un entretien confidentiel. J'aimerais me confesser et vous demander conseil à propos de plusieurs choses dont ma conscience est chargée.

— Je serai tout à l'heure à votre entière disposition. S'il a plu à Dieu de toucher votre cœur, il vous donnera également la paix du cœur. Multiples sont les chemins que suivent les hommes ; cependant, rares sont ceux qui s'égarent jusqu'au point où il ne serait plus possible de les secourir. Un repentir sincère est la première exigence de toute conversion, bien que la véritable contrition, celle qui plaît à Dieu, ne puisse se produire en état de péché, mais seulement en état de grâce. »

Il continua à parler ainsi pendant un moment, tandis que Casanova se servait à boire et à manger. Lorsque l'abbé se tut, il reprit la parole.

« Pardonnez ma curiosité, Monseigneur, mais comment trouvez-vous moyen d'avoir, en cette saison, un gibier aussi délicieux ?

— N'est-ce pas ? C'est que j'ai une recette. Les pièces de gibier et de volaille que vous voyez ici datent toutes de six mois.

— Est-ce possible ?

— Je possède une installation qui me permet de conserver les victuailles complètement à l'abri de l'air.

— Je vous envie.

— Il n'y a pas de quoi. Mais vous ne voulez vraiment pas prendre un peu de saumon ?

— Certainement, puisque vous insistez.

— C'est un vrai plat de carême ! »

L'invité se mit à rire et se servit de saumon.

III

Après le déjeuner, le silencieux chancelier se retira et l'abbé fit visiter le monastère à son hôte. Le Vénitien fut enchanté par tout ce qu'il vit. Il comprenait que des hommes recherchant le calme choisissent la vie conventuelle et puissent s'y sentir à l'aise. Il commençait déjà à se demander si, pour lui aussi, ce ne serait pas là, finalement, le chemin le plus sûr pour arriver à la paix du corps et de l'âme.

Seule, la bibliothèque lui parut peu satisfaisante.

« Je vois ici en effet des masses d'in-folio, observa-t-il, mais les plus récents d'entre eux me semblent dater d'au moins un siècle, et il ne s'agit que de Bibles, de psautiers, d'exégèses théologiques, de dogmatique et de recueils de légendes. Ce sont là, sans nul doute, d'excellents ouvrages...

— Je le suppose, dit le prélat en souriant.

— Il me semble que vos moines devraient tout de même avoir aussi à leur disposition des livres concernant l'histoire, la physique, les beaux-arts, les voyages et autres sujets analogues.

— Et pourquoi donc ? Nos frères sont des gens simples et pieux. Ils accomplissent leur devoir quotidien et sont satisfaits de leur sort.

— C'est beaucoup dire. Mais je vois justement là un portrait du prince-électeur de Cologne.

— Ce personnage en vêtements épiscopaux ? C'est lui, en effet.

— Ses traits ne sont pas tout à fait ressemblants. J'en possède une meilleure effigie. Voyez plutôt ! »

Il tira de l'une de ses poches intérieures une belle tabatière sur le couvercle de laquelle était encastré un portrait-miniature représentant le prince-électeur en tenue de grand-maître de l'ordre germanique.

« C'est une très jolie chose. D'où la tenez-vous ?

— Du prince-électeur lui-même.

— Vraiment ?

— J'ai l'honneur d'être son ami. »

Il remarqua avec satisfaction qu'il s'élevait à vue d'œil dans l'estime de l'abbé et remit la tabatière dans sa poche.

« Vos moines sont des hommes pieux et satisfaits, disiez-vous. Voilà qui pourrait presque éveiller l'envie de partager ce genre d'existence.

— C'est véritablement une existence vouée au service du Seigneur.

— Certes, et bien éloignée des orages du monde.

— En effet. »

Pensif, il suivait son guide ; au bout d'un moment, il lui demanda d'écouter sa confession afin qu'il pût recevoir l'absolution et communier le lendemain.

L'ecclésiastique le conduisait jusqu'à un petit pavillon où ils entrèrent. L'abbé s'assit et Casanova allait se mettre à genoux, mais le prêtre s'y opposa.

« Prenez une chaise, dit-il aimablement et racontez-moi vos péchés.

— Cela prendra du temps.

— Je vous en prie, commencez toujours. Je vous suivrai attentivement. »

En prononçant ces mots, l'excellent homme ne croyait pas si bien dire. Quoique son récit fût aussi succinct et rondement mené que possible, la confession du chevalier exigea trois heures pleines. Au commencement, le prince de l'Église hocha une ou deux fois la tête et poussa quelques soupirs, car il ne s'était encore jamais trouvé confronté à une pareille kyrielle de péchés et il avait une peine incroyable à évaluer chacun de ces méfaits débités ainsi à la hâte, à les additionner et à les garder en mémoire. Il ne tarda pas à y renoncer tout à fait et se contenta d'écouter avec étonnement la narration-fleuve de l'Italien qui lui raconta toute sa vie sans aucune gêne, avec un détachement qui frisait le grand art. Parfois, c'était l'abbé qui souriait, parfois c'était au tour du pénitent de sourire, sans qu'il s'interrompît pour autant. Son récit vous emmenait dans des pays et des villes étrangères, évoquait la guerre, les voyages maritimes, les cours princières, les monastères, les tripots, la prison, la richesse et la misère, sautant d'un épisode émouvant aux choses les plus folles, de l'innocence au scandale, sans que cela fût à proprement parler ni un roman, ni une confession, mais un récit qui ne manquait pas d'une certaine ingénuité ; il était même parfois enjoué et plein d'esprit, on y sentait constamment l'assurance naturelle à celui qui raconte des choses vécues et qui n'éprouve pas le besoin de minimiser ni d'exagérer lourdement.

Jamais encore l'abbé et prince de l'Empire ne s'était mieux diverti. S'il n'avait pu discerner, dans le ton du pénitent, aucun remords particulier, pour sa part il avait vite oublié qu'il siégeait là en qualité de confesseur et non pas en spectateur d'une palpitante pièce de théâtre.

« Je vous ai importuné assez longtemps, conclut Casanova. Il se peut que j'aie oublié bien des choses encore. Cependant, un peu plus ou un peu moins n'a certes pas beaucoup d'importance. Vous sentez-vous fatigué, Monseigneur ?

— Absolument pas. Je n'ai pas perdu un mot de votre récit.

— Puis-je espérer recevoir l'absolution ? »

Encore tout abasourdi, l'abbé prononça les paroles sacrées grâce auxquelles les péchés de Casanova étaient pardonnés et qui le déclaraient digne de recevoir le sacrement.

On lui assigna une chambre pour qu'il pût passer sans être dérangé et dans de pieuses pensées les heures qui le séparaient du lendemain. Il employa le restant de la journée à réfléchir au projet qu'il avait conçu de prendre l'habit monastique. Si enclin qu'il fût à se décider selon l'humeur du moment et à dire rapidement oui ou non, il se connaissait cependant trop bien et était beaucoup trop avisé dans ses calculs pour se lier inconsidérément les mains et renoncer au droit de disposer de sa propre vie.

Il imagina donc sa future existence de moine jusqu'en

ses moindres détails et dressa un plan qui devait lui ménager une porte ouverte dans les différentes éventualités où il éprouverait un regret ou une désillusion. Il tourna et retourna ce projet dans tous les sens, jusqu'à ce qu'il lui semblât parfait, puis il le coucha soigneusement sur le papier.

Dans cet écrit, il se déclarait prêt à entrer comme novice au couvent de Marie-Einsiedeln. Toutefois, afin de se réserver une période d'épreuve personnelle et la possibilité d'un éventuel retrait, il sollicitait un noviciat de dix ans. Pour qu'on lui garantît ce délai exceptionnellement long, il déposait un capital de dix mille francs qui devait revenir au monastère après sa mort ou sa démission de l'ordre. De plus, il demandait l'autorisation d'acquérir à ses frais des livres de tous genres qu'il pourrait garder dans sa cellule ; ces ouvrages deviendraient également la propriété du monastère après sa mort.

Après une prière d'action de grâces pour son heureuse conversion, il se coucha et dormit d'un profond sommeil en homme dont la conscience est blanche comme neige et légère comme la plume. Le lendemain, il prit la communion à l'église.

L'abbé l'avait invité à prendre avec lui le chocolat du matin. Casanova saisit cette occasion pour lui remettre sa requête en le priant d'y répondre favorablement.

L'ecclésiastique lut la requête séance tenante, félicita son hôte pour sa décision et promit de lui donner sa réponse après le déjeuner.

« Trouvez-vous mes conditions trop égoïstes ?

— Oh ! non, monsieur le chevalier, je crois que nous pourrons très bien nous entendre. Personnellement, j'en serais fort réjoui. Néanmoins, je dois auparavant introduire votre requête auprès du couvent.

— Ce n'est que justice. Puis-je vous prier d'appuyer ma supplique avec bienveillance ?

— Très volontiers. Eh bien, au revoir jusqu'à l'heure du déjeuner. »

Le nouveau converti parcourut une fois encore le monastère, alla voir les frères, visita quelques cellules et trouva tout selon son cœur. De joyeuse humeur, il alla flâner dans les rues d'Einsiedeln, vit une troupe de pèlerins faire son entrée, bannière en tête, des étrangers repartir pour Zurich dans des voitures de louage, puis il entendit encore une messe et déposa un thaler dans le tronc de l'église.

Pendant le déjeuner qui, cette fois, l'impressionna tout spécialement par l'excellence des vins du Rhin, il s'informa de l'état de ses affaires.

« Soyez sans inquiétude, déclara l'abbé, bien que je n'aie encore, pour l'instant, aucune réponse décisive. L'assemblée des frères demande un délai supplémentaire de réflexion.

— Croyez-vous que je serai accepté ?

— Sans aucun doute.

— Et que dois-je faire dans l'intervalle ?

— Ce que vous voulez. Retournez à Zurich et attendez-y notre réponse, que d'ailleurs je vous apporterai en personne. Je dois de toute façon aller en ville dans quinze jours exactement ; je vous rendrai visite et vous pourrez probablement revenir à Einsiedeln tout de suite avec moi. Cela vous convient-il ?

— A merveille. Donc, je vous attends dans deux semaines. Je suis descendu à l'*Épée* ; la cuisine y est fort bonne. Me ferez-vous le plaisir d'être mon hôte pour le déjeuner ?

— J'en serai très heureux.

— Mais comment vais-je regagner Zurich aujourd'hui ? Où peut-on louer une voiture ?

— Vous partirez après le déjeuner dans ma calèche de voyage.

— C'est trop de bonté de votre part...

— Mais comment donc ! Songez plutôt à vous restaurer sérieusement. Peut-être encore une petite tranche de rôti de veau ? »

Le repas était à peine terminé qu'on avança la calèche de l'abbé. Avant que l'invité y montât, le prélat lui remit encore deux lettres cachetées, adressées à des personnalités influentes de Zurich. Avec beaucoup de cordialité, Casanova prit congé de son généreux hôte et c'est avec un sentiment de gratitude qu'il traversa cette riante contrée dans la confortable calèche de l'abbé et qu'il longea le lac pour retourner à Zurich.

Lorsqu'il s'arrêta devant son hôtel, son domestique Leduc l'accueillit avec une expression sarcastique non dissimulée.

« De quoi ris-tu ?

— Oh ! c'est seulement parce que je suis heureux de voir que, dans cette ville étrangère, vous avez déjà trouvé l'occasion de vous amuser deux jours entiers hors de chez vous.

— Imbécile ! Va donc trouver l'hôtelier, dis-lui que je reste encore deux semaines ici et que, pendant ce temps, il me faut une voiture et un bon valet à la journée. »

L'hôtelier vint en personne et recommanda un valet dont il garantissait l'honnêteté. Il lui procura également une voiture de location ouverte, car on ne pouvait pas en obtenir d'autre.

Le jour suivant, Casanova se rendit chez MM. Orelli et Pestalozzi pour leur remettre personnellement ses lettres. Ils n'étaient pas chez eux, mais ils vinrent le voir à son hôtel dans l'après-midi, l'invitèrent à déjeuner pour le lendemain et le surlendemain et, pour le soir même, au concert. Casanova accepta et fut exact au rendez-vous.

Le concert, dont l'entrée coûtait un thaler, ne fut pas du tout de son goût. L'ennuyeuse ordonnance des lieux lui déplut particulièrement : hommes et femmes étaient groupés séparément de chaque côté de la salle. Parmi les dames, son regard aigu découvrit plusieurs beautés et il ne comprit pas pourquoi l'usage établi lui interdisait de leur faire la cour. Après le concert, il fut présenté aux épouses et aux filles de ces messieurs et il trouva notamment que Mlle Pestalozzi était une personne ravissante et fort aimable. Il s'abstint cependant de toute galanterie libertine.

Bien qu'il eût quelque peine à observer cette conduite, elle flattait néanmoins sa vanité. Les lettres de l'abbé le présentaient à ses nouveaux amis comme un homme gagné à la cause de la religion, comme un futur pénitent et il remarqua que les gens lui témoignaient une estime presque respectueuse, bien qu'il eût affaire en majeure partie à des protestants. Ces égards lui étaient agréables et le dédommageaient un peu du plaisir qu'il devait sacrifier au sérieux de son personnage.

Ce rôle lui réussit à tel point que même dans la rue, il ne tarda pas à être salué avec une certaine déférence. Un parfum d'ascétisme et de sainteté émanait de cet homme singulier, dont la réputation était aussi changeante que sa vie.

Toutefois, avant de se retirer du monde, il ne put se refuser le plaisir d'envoyer une dernière fois au duc de Wurtemberg une lettre impudente et grivoise, ce que personne ne sut. Et personne ne sut non plus qu'à la faveur des ténèbres, il se rendait parfois le soir dans une maison qui n'était pas habitée par des moines et dans laquelle on ne chantait pas de psaumes.

IV

Le pieux chevalier consacrait ses matinées à l'étude de la langue allemande. Il avait ramassé dans la rue un pauvre diable, un Génois nommé Giustiniani, qui venait quelques heures tous les matins lui enseigner l'allemand et qui touchait six francs d'honoraires pour chacune de ses leçons.

Cet homme équivoque, auquel son riche élève devait d'ailleurs l'adresse de la fameuse maison, amusait principalement son protecteur par les blasphèmes et les injures qu'il débitait sur tous les tons à l'encontre des moines et de la vie monastique. Il ne savait pas que son élève s'apprêtait à devenir frère bénédictin, sans cela il se fut certainement montré plus prudent. Néanmoins, Casanova ne lui en tenait pas rigueur. Ancien moine capucin, le Génois avait, par la suite, jeté son froc aux orties. L'éminent converti prenait maintenant plaisir à laisser ce pauvre hère se livrer à ses débordements antimonastiques.

« Il y a tout de même de bonnes gens parmi les moines, objecta un jour Casanova.

— Ne me dites pas cela ! Il n'y en a point, il n'existe pas un seul bon moine ! Ce sont tous, sans exception, des fainéants et des panses bien remplies. »

Son élève l'écoutait en riant et se réjouissait à l'idée de l'ahurissement que causerait à cette mauvaise langue la nouvelle de sa prochaine entrée au monastère.

Toujours est-il qu'une existence aussi calme commençait à lui faire trouver le temps long et il comptait avec impatience les jours qui le séparaient encore de l'arrivée probable de l'abbé. Plus tard, lorsqu'il serait installé dans la paix du monastère et qu'il serait plongé dans ses études, l'ennui et l'inquiétude ne manqueraient pas de disparaître. Il méditait d'écrire une traduction d'Homère, une comédie et une histoire de Venise et, en attendant, pour faire au moins quelque chose dans ce sens, il avait acheté un lot important de beau papier à écrire.

C'est ainsi que le temps s'écoula, certes lentement et dans la morosité, mais il passa tout de même, et, le matin du 23 avril, Casanova poussa un soupir de soulagement en constatant que c'était là son dernier jour d'attente, puisque l'abbé devait venir le voir le lendemain.

Il s'enferma dans sa chambre pour examiner une dernière fois ses affaires temporelles et spirituelles, prépara ses malles et se réjouit d'être enfin parvenu au seuil d'une vie nouvelle et paisible. Il ne doutait pas de son admission à Marie-Einsiedeln, car il était décidé, s'il le fallait, à doubler le capital qu'il avait promis de verser. Qu'importait, dans un pareil cas, le sacrifice de dix mille francs ?

Vers six heures du soir, au moment où il commençait à faire plus sombre dans la pièce, il se dirigea vers la fenêtre et regarda au-dehors. De là, il pouvait embrasser du même coup d'œil l'esplanade devant l'hôtel et le pont sur la Limmat.

Une berline arrivait justement et elle s'arrêta devant l'hôtel. Casanova observait la scène avec curiosité. Le garçon se précipita pour ouvrir la portière. Une femme d'un certain âge, enveloppée d'une mante, descendit de la voiture, puis une autre et encore une troisième, toutes les trois du genre matrones sérieuses et légèrement aigries.

« En voilà qui auraient pu descendre ailleurs, pensa l'homme à la fenêtre. »

Mais, pour finir, apparut une silhouette élancée ; car une quatrième dame descendit de voiture, une grande et belle personne, vêtue d'un costume alors très en vogue et appelé costume d'amazone. Sur sa chevelure noire, elle portait une jolie casquette de soie bleue garnie d'un pompon argenté.

Casanova se haussa sur la pointe des pieds et se pencha au-dehors. Il réussi à apercevoir le visage de la dame, un beau visage de brunette avec des yeux noirs sous des sourcils orgueilleux et bien fournis. Ayant levé les yeux par hasard, elle vit l'homme à la fenêtre et lorsqu'elle sentit son regard dirigé sur elle, son regard casanovien, elle le fixa un instant avec attention — juste un bref instant.

Puis elle entra dans l'hôtel avec les autres dames. Le

chevalier se hâta de gagner son antichambre dont la porte vitrée lui permettait de voir ce qui se passait dans le corridor. Accompagnées de l'hôtelier, les quatre dames, dont la jeune beauté était la dernière, débouchaient justement de l'escalier et passaient devant sa porte. Quand la dame brune se vit dévisagée à l'improviste par l'homme qui venait à l'instant de la regarder d'un œil admiratif du haut de sa fenêtre, elle poussa un léger cri, mais se ressaisit aussitôt et se dépêcha de suivre ses compagnes en riant sous cape.

Casanova était enflammé d'ardeur. Il ne pensait pas avoir rien vu de pareil depuis des années.

« Amazone, mon amazone ! fredonnait-il en mettant le contenu de sa malle sens dessus dessous afin de procéder au plus vite à une toilette en règle. Car il voulait, le soir même, manger à table d'hôte en compagnie des nouvelles venues ! Jusqu'alors, il s'était fait servir dans sa chambre, pour mieux soutenir son rôle d'homme qui avait rompu avec le monde. Il enfila donc en toute hâte une culotte de velours, des bas de soie blancs tout neufs, mit un gilet brodé, son habit de gala et ajusta ses manchettes de dentelle. Puis il sonna le domestique.

« Qu'y a-t-il pour votre service ?

— Aujourd'hui, je prendrai mon repas en bas, à table d'hôte.

— Je ferai le nécessaire.

— Vous avez de nouveaux arrivants ?

— Quatre dames.

— D'où viennent-elles ?

— De Soleure.

— Parle-t-on le français à Soleure ?

— Pas partout. Mais ces dames le parlent.

— Bon.

— Attendez, encore une chose. Ces dames prennent bien leur dîner en bas ?

— Je regrette, elles ont commandé un souper dans leur chambre.

— Par tous les diables ! A quelle heure les servirez-vous ?
— Dans une demi-heure.
— Merci, vous pouvez vous retirer.
— Mais viendrez-vous manger à table, ou... ?
— Tonnerre de Dieu, non ! Je ne mangerai pas du tout. Allez, maintenant ! »

Furieux, il se mit à arpenter rageusement sa chambre de long en large. Il fallait faire quelque chose ce soir même. Qui pouvait savoir si la dame brune n'allait pas, dès le lendemain, poursuivre son voyage ? En outre, le lendemain était précisément le jour où l'abbé devait venir. Et il voulait se faire moine ? C'était vraiment trop bête, trop bête !

Cependant, il eût été bien étrange que cet artiste en savoir-vivre n'eût pas découvert quelque raison d'espérer, quelque issue, solution ou menu stratagème pour parvenir à ses fins. Sa colère ne dura que quelques minutes. Ensuite il réfléchit. Au bout d'un moment, il sonna de nouveau le domestique.

« Que désire monsieur ?
— Je voudrais vous faire gagner un louis d'or.
— Je suis à votre service, monsieur le baron.
— Bien. Alors donnez-moi votre tablier vert.
— Avec plaisir.
— Et laissez-moi servir ces dames.
— Volontiers. Entendez-vous, s'il vous plaît, avec Leduc ; comme je dois servir en bas, je lui ai demandé de me remplacer pour le service à l'étage.
— Envoyez-le-moi tout de suite. Ces dames resteront-elles ici quelque temps ?
— Elles partent demain matin de bonne heure pour Einsiedeln, elles sont catholiques. A propos, la plus jeune m'a demandé qui vous étiez.
— Elle a demandé ? Qui j'étais ? Et que lui avez-vous dit ?
— Que vous étiez Italien, rien de plus.

— Bon, soyez discret ! »

Le domestique s'en alla, et, un instant après, Leduc entra, riant à gorge déployée.

« Qu'as-tu à rire, andouille ?

— Je ris à l'idée de vous voir devenir garçon d'hôtel.

— Je vois que tu es déjà au courant. Et maintenant, cesse de rire, ou tu ne verras plus la couleur d'un de mes sous. Aide-moi plutôt à attacher ce tablier. Ensuite, tu iras chercher les plats à la cuisine et tu me les remettras à la porte de ces dames. Allons-y ! »

Son attente ne fut pas longue. Le tablier de garçon d'hôtel attaché par-dessus son gilet brodé d'or, il pénétra dans la chambre des étrangères.

« Vous permettez, mesdames ? »

L'amazone l'avait reconnu et semblait pétrifiée par l'étonnement. Il remplit son office de manière impeccable et eut l'occasion de regarder attentivement la jeune personne en question et de la trouver toujours plus belle. Comme il découpait un chapon avec art, elle lui dit en souriant :

« Vous servez très bien. Travaillez-vous ici depuis longtemps déjà ?

— Vous êtes bien aimable de vous en informer. Depuis trois semaines seulement. »

Pendant qu'il lui présentait un plat, elle remarqua ses manchettes retroussées mais tout de même visibles et constata qu'elles étaient en dentelle véritable. Elle lui toucha la main et sentit la finesse de ces dentelles. Il était au comble de la félicité.

« Laisse donc cela ! » s'écria l'une des duègnes, mécontente, et la jeune rougit. Elle rougit ! Casanova avait peine à se contenir.

Après le repas, il demeura aussi longtemps que possible dans la chambre, trouvant toujours de nouveaux prétextes. Les trois vieilles dames se retirèrent dans leur chambre à coucher, mais la belle resta là, se rassit et se mit à écrire.

Casanova avait enfin terminé ses rangements et allait être obligé de s'en aller. Il s'attarda néanmoins sur le pas de la porte.

« Qu'attendez-vous encore ? lui demanda l'amazone.

— Madame, vous avez toujours vos bottes et pourrez difficilement aller au lit avec elles.

— Ah ! bien, vous voulez me les retirer ? Ne vous donnez pas tant de peine pour moi !

— C'est mon métier, madame. »

Il s'agenouilla sur le plancher devant elle et lui retira lentement et soigneusement ses bottes lacées, tandis qu'elle continuait apparemment à écrire.

« Cela va bien. Assez, assez ! Merci.

— Je vous remercie mille fois.

— Nous nous reverrons donc demain soir, monsieur le serviteur.

— Vous dînerez encore ici ?

— Certainement. Nous serons de retour d'Einsiedeln avant la nuit.

— Merci, madame.

— Bonne nuit, garçon.

— Bonne nuit, madame. Dois-je fermer à clé la porte de votre chambre, ou la laisser ouverte ?

— Je la fermerai moi-même. »

C'est bien ce qu'elle fit lorsqu'il se retrouva dans le corridor où Leduc l'attendait en ricanant plus que jamais.

« Eh bien ? lui dit son maître.

— Vous avez magistralement joué votre rôle. Demain, la dame vous donnera un ducat en guise de pourboire ; si vous ne m'en faites pas cadeau, je raconte toute l'histoire.

— Tu l'auras dès aujourd'hui, ton ducat, vieux monstre ! »

Le lendemain matin, Casanova revint ponctuellement avec les bottes cirées. Mais la seule chose qu'il obtint fut que l'amazone lui laissa le soin de la chausser.

Il se demandait s'il n'allait pas la suivre en voiture jusqu'à Einsiedeln quand apparut, à cet instant précis, un messager spécial annonçant que monsieur l'Abbé se trouvait à Zurich et qu'il aurait l'honneur de déjeuner seul avec monsieur le Chevalier à midi, dans sa chambre.

Grand Dieu, l'abbé ! Ce bon Casanova n'avait plus pensé à lui. Après tout, il pouvait venir. Il commanda un repas somptueux et se rendit lui-même à la cuisine pour y donner quelques instructions. Ensuite, fatigué de s'être levé de si bonne heure, il s'étendit sur son lit et dormit pendant deux heures.

A midi, l'abbé se présenta. Des politesses furent échangées, des salutations transmises, puis ils se mirent tous deux à table. Le prélat fut enchanté de la magnificence du couvert et de la qualité du menu qui lui firent totalement oublier sa mission pendant une demi-heure. Finalement, elle lui revint en mémoire.

« Pardonnez-moi, dit-il tout à coup, d'avoir si indûment abusé de votre patience ! Je ne sais vraiment pas comment j'ai pu oublier cela si longtemps.

— Oh ! je vous en prie.

— Après tout ce que j'ai entendu dire sur votre compte à Zurich — j'ai pris quelques renseignements, comme il se doit — vous êtes vraiment tout à fait digne de devenir notre frère. Je vous souhaite la bienvenue, cher monsieur, la plus cordiale bienvenue. Vous pouvez dès maintenant inscrire au fronton de votre porte : *Inveni portum. Spes et fortuna valete !*

— En français : *Adieu, Fortune, je suis arrivé au port !* Dans le texte original, il s'agit d'un vers d'Euripide et il est vraiment très beau, bien qu'il ne convienne pas tout à fait à mon cas particulier.

— Ne convienne pas ? Vous êtes par trop subtil.

— Ce vers, Monseigneur, ne peut s'appliquer à moi parce que je n'irai pas avec vous à Einsiedeln. Depuis hier, j'ai changé de projet.

— Est-ce possible ?
— Apparemment, oui. Je vous prie de ne pas m'en vouloir et, en toute amitié, de vider encore ce verre de champagne avec moi.
— Eh bien, à votre santé ! Puissiez-vous ne jamais regretter votre décision. La vie du monde a aussi ses avantages.
— Certes, elle en a. »
L'aimable abbé se retira après quelque temps et repartit dans sa calèche. Quant à Casanova, il écrivit des lettres à Paris, envoya des instructions à son banquier, demanda sa note d'hôtel pour le soir et commanda pour le lendemain matin une voiture qui devait le conduire à Soleure.

CHARLES-EUGÈNE EISELEIN

Titre original de la nouvelle

KARL EUGEN EISELEIN
(Extrait de *Die Erzählungen*)

Georges Eiselein, épicier à Gerbersau, possédait une boutique qui lui permettait de mener sans trop de peine une vie aisée et confortable ; il avait aussi une petite femme intelligente dont il était extrêmement satisfait et, en outre, un jeune fils promis par son père autant que par la providence à de plus hautes destinées, ce qui lui donnait beaucoup de soucis.

Ce fils avait été prénommé Charles-Eugène et le fait que, dès l'enfance, on ne l'eût jamais appelé Charles ou Eugène, mais qu'on lui eût toujours donné le double nom princier de Charles-Eugène, était assez significatif. Ce qui est certain, c'est que le petit bonhomme exigea autant de travail et de soins que deux enfants, cria pour deux, usa le double de langes et de vêtements jusqu'à ce qu'il eût progressivement atteint l'âge où les parents souhaitent que leurs rejetons leur procurent une certaine satisfaction. A cet égard, le garçon faisait tout son possible ; il s'avéra qu'il n'appartenait pas au nombre des sots et qu'il était parfaitement capable de recevoir une instruction supérieure.

M. Eiselein en fut très heureux. Personnellement, le domaine de la culture classique lui était resté fermé ; il en avait souffert et désirait d'autant plus ardemment voir son fils s'ébattre dans ce monde inconnu. C'est pourquoi il revêtit un beau jour son habit de cérémonie, mit un gilet brodé, un col propre, caressa tendrement la tête blonde et lisse du petit garçon et le conduisit au collège classique où il le confia aux bons soins du maître adjoint Wurster.

A partir de ce jour-là, le jeune Charles-Eugène suivit la filière, comme tous les élèves du collège classique de Gerbersau. Il passa une année sous l'autorité du maître adjoint Wurster, homme doux et souriant, coiffé de bouclettes à l'ancienne mode et qui portait un pantalon collant ; ensuite, Wurster le remit entre les mains du Pr Dilger, personnage obèse, tyrannique, à l'expression affreusement renfrognée et toujours armé d'une longue baguette de jonc, puis, au terme de l'année suivante, il fut pris en charge par le Dr Müller, un dandy élégant aux manières raffinées.

Le garçon se révéla intelligent et passa sans encombre d'une classe à l'autre. Mais ce ne fut pas d'une manière aussi simple et aussi irréprochable qu'il se tira de plusieurs affaires et enquêtes prolongées au sujet de vols de pommes, d'impertinences à l'adresse de ses maîtres, d'absences aux cours et de mauvaise tenue à l'église. Certes, il connaissait à merveille l'art de se cacher derrière les autres et d'alléguer des circonstances atténuantes tout à fait plausibles ; néanmoins, il passa bien des mercredis après-midi ensoleillés en retenue dans la salle de classe, et c'est assez souvent après avoir été corrigé et morigéné qu'il rentrait dans un état pitoyable à la maison où son père l'accueillait avec des paroles consolantes et des marques de sympathie, se hâtant, à chaque fois, de le ramener à une conception plus riante de la vie.

Néanmoins, alors qu'il était dans sa onzième année, Charles-Eugène Eiselein disparut un beau jour sans laisser de traces, muni de quatre thalers dérobés dans la caisse de son père, d'un demi-pain de sucre et en compagnie de deux camarades de classe dont les parents, consternés, joignirent leurs lamentations à celles de l'épicier.

Vers le soir, comme les garçons n'étaient toujours pas rentrés, on dépêcha des messagers dans toutes les directions, on fouilla entièrement la rivière avec des perches et à chaque coup de sonde les enfants attroupés frémissaient d'horreur et s'attendaient d'une minute à l'autre à voir l'un des noyés ramené à la surface par le harpon ; mais on ne vit rien apparaître du tout.

Dans sa détresse, M. Eiselein avait passé la soirée entière à courir de côtés et d'autres. Il rentra tard et désespéré à la maison et repoussa tristement l'assiette de soupe que sa femme lui avait gardée au chaud. Mais la petite femme, si calme et conciliante qu'elle fût d'ordinaire, replaça aussitôt l'assiette devant lui, le força à tenir sa cuiller et lui dit avec fermeté : « Je ne veux pas avoir réchauffé le souper pour rien, il te faut donc le manger. Le galopin finira bien par revenir, quand il aura faim. S'il te plaît, mange, maintenant ! » Le père était tellement effondré et opposait si peu de résistance qu'il ne se fâcha même pas et qu'il se mit tout tranquillement à manger sa soupe jusqu'à ce qu'il ne restât plus rien dans son assiette. La femme, qui ne s'attendait pas à une telle soumission, put mesurer alors le désespoir de son époux et, le cœur serré, elle se sentit à son tour envahie par l'angoisse ; pendant toute la soirée, ils restèrent attablés sans rien dire, livrés à de sombres pensées.

Un peu après onze heures du soir, un bref et faible coup de sonnette retentit à la porte de la maison, aussitôt suivi d'un autre coup plus ferme, plus décidé, et Charles-Eugène apparut sur le seuil où il resta à attendre, tout honteux. Après qu'on l'eut questionné et que l'on sut que ses camarades étaient de retour et encore en vie eux aussi, on le laissa aller se coucher. Avant même que le père, soulagé, eût, de son lit, tendu le bras pour saisir l'éteignoir, sa femme, qui avait gagné en audace, toussota et lui dit : « Georges, si demain tu n'administres pas au gamin une correction salée, c'est moi qui m'en chargerai. » Il soupira, éteignit la lumière et resta longtemps encore sans pouvoir s'endormir.

Le lendemain, l'affaire fut soigneusement tirée au clair et l'on découvrit que le principal instigateur avait été le dangereux Fenimore Cooper. Les jeunes garçons avaient résolu de quitter ensemble le vieux monde ennuyeux et de rejoindre la patrie des Mohicans où, au lieu de la baguette de jonc et de la grammaire, les attributs de la jeunesse sont le couteau de scalp, la hache de guerre et le fusil. Tout se serait bien passé si la nuit n'avait pas été aussi froide et si, dans la forêt, ils ne s'étaient trouvés dans l'incapacité totale de se tirer d'affaire, bien que l'un d'eux s'appelât l'Éclaireur, le second Œil-de-faucon et le troisième Coureur des forêts. Sur les quatre thalers, trois *batz* avaient été consacrés à l'achat d'un pistolet de fer-blanc et sept à un couteau de scout d'une effroyable longueur ; le restant de la somme n'avait pas été touché, seule la disparition du pain de sucre demeura une énigme.

La mère de Charles-Eugène passa toute la journée à aller et venir dans un état de tension extrême et comme rien ne s'était encore produit à l'heure du souper, elle descendit à la boutique où se trouvait le père. « Tant que le petit n'aura pas eu sa fessée, il n'aura rien à manger non plus », dit-elle avec fermeté et son époux comprit qu'il existe des devoirs auxquels personne ne peut se soustraire et des lois universelles auxquelles nous sommes soumis sans résistance possible. Un instant plus tard, le fils faisait la même expérience. Alors que son père se contentait de soupirer, le garçon, à la manière des jeunes, donnait libre cours à ses sentiments et à ses larmes ; il poussa même un cri de douleur si bouleversant que le justicier s'arrêta court après quelques claques seulement et fut tout heureux de voir

Charles-Eugène se relever et consentir à se mettre à table.

Cette aventure se solda par la confiscation, au collège classique, de plus de trente livres d'Indiens, par un sermon approprié, assorti d'une retenue que le maître de classe infligea aux trois Américains, ensuite par les cruels sarcasmes qu'il leur fallut supporter de la part de leurs camarades et enfin par l'attitude du petit Eiselein qui fit momentanément un retour sur lui-même et se montra un écolier modèle pendant plusieurs semaines. Peu à peu de nouveaux livres remplacèrent ceux qui avaient été confisqués, on prit son parti des sermons et des retenues ; puis le personnage de l'écolier modèle s'évanouit de nouveau comme un nuage et son espièglerie fut la seule chose qui persista longtemps encore.

Vinrent les années au cours desquelles on voit ordinairement si un écolier a vraiment le goût et la vocation nécessaires pour entreprendre des études supérieures ou s'il vaut mieux lui laisser oublier son latin dans une boutique ou un bureau. Dans le cas du jeune Eiselein, on ne pouvait douter qu'il fût destiné à faire des études. Ses cahiers étaient proprement tenus et lui valaient de bonnes notes, ses dissertations avaient de l'allant et du feu, de même que ses déclamations et, lors de la cérémonie de fin d'année de la classe supérieure il prononça, à l'âge de quinze ans, un discours qu'il avait composé lui-même et qui suscita un sourire de satisfaction chez le recteur et fit venir des larmes dans les yeux de son père, auditeur ému et recueilli. Il fut décidé qu'on l'enverrait au chef-lieu pour y fréquenter le lycée.

Jusque-là, il restait encore quelques semaines de vacances et c'est pendant cette période que Charles-Eugène donna pour la première fois une preuve de son talent poétique. Il y eut notamment l'anniversaire d'une grand-tante, chez qui la famille Eiselein fut invitée et où l'adolescent se distingua à l'heure du café par la récitation d'un poème dont la beauté et la longueur plongea toute la société dans l'étonnement. A son père qui le questionnait, le garnement répondit qu'il avait déjà, depuis une année ou même davantage, composé une masse de poèmes et qu'il savait depuis longtemps qu'il était né pour être poète et rien d'autre que poète. Le papa, déconcerté, écouta cette déclaration avec autant de fierté que de surprise. Car, bien qu'il n'eût jamais douté des dons extraordinaires de son fils, cette envolée précoce et hardie du jeune aigle lui sembla proprement surprenante. Pour le récompenser et peut-être aussi pour le guider dans la bonne voie, il acheta et donna au jeune garçon les œuvres de Théodore Körner reliées en toile rouge ainsi qu'une ancienne biographie de Gotthold Ephraïm Lessing, acquise au rabais, mais aussi bien reliée que les autres volumes.

Environ le temps où se passaient ces événements, Charles-Eugène, après sa confirmation, n'avait plus du tout l'apparence d'un petit garçon ; il avait perdu ses joues rebondies et ne portait plus de culotte courte. Il s'était métamorphosé en un jeune homme élancé, bien habillé, plein de réserve, conscient de son importance et qui savait opposer à quiconque osait par exemple le traiter en gamin et le tutoyer, une attitude ironique dont l'effet, bien qu'il le surestimât lui-même, était néanmoins indéniable. Ses souliers étaient toujours brillants, son pas mesuré, ses cheveux lisses et bien soignés. Le lycée du chef-lieu n'aurait aucune raison d'avoir honte de lui. Par anticipation, il pénétra profondément dans le monde homérique durant ses vacances et lut la moitié de l'*Odyssée*, dans la traduction de Voss, bien entendu. Il l'aurait lue tout entière si le Körner relié de rouge n'était survenu entre-temps.

Le temps des vacances s'achevait, et cette fois ce ne fut pas au regret de Charles-Eugène qui attendait au contraire avec la plus joyeuse impatience le moment de partir pour la ville et d'entrer au lycée. Tandis que, pendant ces derniers jours, M. Eiselein traitait son fils avec une tendresse et une attention redoublée et qu'il éprouvait à l'avance un sentiment douloureux, mêlé d'orgueil, à l'idée de la séparation, la mère silencieuse et diligente s'activait à acheter, à emballer, laver, repasser, racommoder et brosser les choses les plus nécessaires. L'avant-dernier jour, le lycéen vêtu de son complet de confirmation fit une série de visites d'adieu chez des parents, des parrains, des professeurs et des amis dévoués, où il reçut conseils, cadeaux, vœux de bonheur, poignées de main et plaisanteries avec un sourire poli, tandis qu'en son cœur, il éprouvait les sentiments du jeune aspirant qui va servir glorieusement son pays. Son projet bien arrêté, déjà modifié aux premières vacances, de ne rentrer à la maison qu'après avoir atteint un certain âge et un certain rang lui conférait une supériorité pleine de réserve et délicatement nuancée.

Alors arriva le moment du départ et des adieux. Le directeur d'une pension de garçons du chef-lieu chez qui Charles-Eugène devait loger était venu le chercher. Sa mère souriait et, tout en lui donnant encore quelques bons tuyaux et conseils, elle surveillait les bagages et jetait des regards scrutateurs sur le monsieur de la pension. Celui-ci se comporta d'une manière très mesurée, très polie et très distinguée. En revanche, le père était triste de perdre son enfant chéri mais en même temps il se sentait fier de le voir s'engager dans une carrière qui devait lui réserver un brillant avenir et le mélange de ces sentiments travaillait sa physionomie avec une telle violence que son visage prit une teinte bleuâtre et s'altéra profondément, comme si ce brave homme avait eu les plus impardonnables désordres à se reprocher.

« Eh bien, cher monsieur, ne vous faites donc aucun souci, votre fils se trouve en de bonnes mains », assura à plusieurs reprises l'étranger avec une grande politesse, tandis que le père Eiselein le considérait comme si ce monsieur lui eût témoigné sa sympathie à l'occasion d'un deuil.

Puis l'étranger souleva poliment son chapeau et une dernière et chaleureuse poignée de main fit trembler d'émotion le jeune homme. Le train s'arrêta, on monta en wagon, puis la locomotive siffla, répandit une âcre odeur de fumée et d'huile et repartit si rapidement que le convoi était déjà presque hors de vue lorsque Eiselein eut trouvé son mouchoir de couleur, l'eut tiré de sa poche et déployé pour faire des signes au voyageur. Le vaste mouchoir s'agitait maintenant comme un petit drapeau dans le vent et semblait si joyeux, avait un air si revigorant avec son fond jaune d'or et ses dessins rouges et blancs qu'il donnait l'impression que la maison Eiselein était ce jour-là dans l'allégresse. Pendant que dans le compartiment, le garçon, péniblement impressionné, soutenait de tout son courage la conversation avec le directeur dont la politesse et le sourire semblaient être restés sur le quai de la gare, ses parents revenaient lentement vers la ville et leur épicerie, plongés dans des réflexions qui ne se ressemblaient pas.

« Le directeur de la pension me plaît assez, dit-elle.

— Oui, oui, il a été très aimable, c'est vrai », dit-il.

Elle se tut. Cependant, ce n'était pas du tout sur l'amabilité de ce monsieur qu'elle fondait ses espérances, mais bien sur les indices de sévérité et d'énergie qu'elle croyait avoir décelés chez lui. Et lorsqu'elle poussa un soupir, elle aussi, elle pensait avant tout à ce maudit argent que le garçon allait leur coûter, car la pension n'était pas bon marché.

Après le départ de leur fils, un grand silence envahit la maison et simultanément il y eut un temps d'arrêt dans le lent déplacement de l'autorité que la répartition des pouvoirs au sein du ménage avait amorcé ; il faut dire que, depuis l'histoire des Indiens, Mme Eiselein avait eu maintes fois l'occasion d'agir plus virilement que son mari vis-à-vis du garçon, rompant ainsi une lance en faveur de l'autorité parentale en danger. De ce fait, une petite parcelle du pouvoir dévolu au maître de la maison et jusqu'alors incontesté avait, dans la balance, glissé chaque fois du plateau de son époux dans le sien, de sorte que l'aiguille s'inclinait insensiblement mais sûrement de son côté.

Huit jours plus tard arriva la première lettre en provenance du chef-lieu. Elle contenait principalement une énumération des plus belles rues et des plus beaux monuments de la ville, des commentaires quelque peu obscurs sur la langue d'Homère et une demande visant à augmenter la somme d'argent de poche, car on avait besoin de se procurer diverses petites choses à l'intérieur comme à l'extérieur de l'école.

La mère trouva que ce n'était pas nécessaire, mais le père comprit parfaitement ce désir et insista pour que la première petite requête du garçon qui devait désormais vivre parmi des étrangers ne fût pas aussitôt rejetée. Cependant, la mère exigea en contrepartie que Charles-Eugène inscrivît ses dépenses dans un livret et qu'il en présentât un rapport mensuel. Elle lui écrivit dans ce sens. Le lycéen répondit qu'il lui était impossible d'employer son temps à ergoter sur des centimes, qu'il n'était pas un petit épicier. Les mots *épicier* et *ergoter sur des centimes* étaient soulignés.

Alors la maman fit une réponse brève et claire, sans mots soulignés, où elle disait que dans ces circonstances il fallait précisément s'en tenir à l'ancien montant. On n'en resta pas là, mais le fiston se mit à tenir correctement son livret et ne manqua pas de présenter ponctuellement ses comptes dont le détail, il est vrai, éveilla parfois des doutes et provoqua quelques hochements de tête.

« Avec les crayons et les règles dont il prétend avoir eu besoin, on pourrait chauffer un fourneau », soupirait la mère.

Elle soupira bien autrement encore lorsqu'au printemps suivant, il fallut payer à son fils un complet neuf et coûteux dont le prix représentait le double de ce qu'on aurait dépensé à la maison. Charles-Eugène l'avait fait faire sans rien demander et répondit sur un ton très calme à la lettre indignée de sa mère que des habits étaient après tout quelque chose de nécessaire dans un climat nordique comme celui de son pays et qu'il ne pouvait pas se promener tout nu et non plus dans la tenue d'un vagabond.

Ce n'était pas du tout à un vagabond qu'il ressemblait lorsqu'il revint à la maison peu de temps après pour les vacances de Pâques. Un joli feutre mou, une paire de manchettes, un col dur et montant s'harmonisaient avec son élégant complet neuf. Comme la maman le grondait au sujet de ces coûteux raffinements et lui en demandait le compte, le polisson haussa les épaules et prit un air résigné. « Qu'y puis-je ? » dit-il sur un ton de regret. « Ces choses sont encore très modestes. Dans ma pension, il y a un de mes camarades qui paye quatre-vingts ou quatre-vingt-dix marks pour chacun de ses complets. » Le dandy réussit tout de même à entortiller suffisamment son papa pour qu'il ne fût plus question de tout cela. Il se comporta avec grâce, bavarda, raconta très joliment mille choses et exhiba un livret scolaire convenable. Il passait une grande partie de la journée à écrire des poèmes, en secret toutefois et sans montrer ses performances à personne. Dans la rue, il saluait toutes ses connaissances avec une politesse presque cordiale et considérait les rues, les maisons et les gens avec un intérêt aimablement insouciant, tout à fait comme un étranger que le hasard a conduit pour une brève durée dans un petit patelin vieux jeu.

Ces vacances de Pâques furent aussi marquées par la première et curieuse histoire d'amour de Charles-Eugène. Un camarade de classe lui raconta un jour qu'une jeune fille de Karlsruhe âgée de seize ans était en visite chez sa sœur, « quelque chose de chouette, je te dis, et colossalement belle ». Dès cet instant, il aspira à goûter par lui-même ce régal des yeux et était d'avance tout disposé à s'éprendre d'elle. Mais il joua de malchance, et lorsque la belle jeune fille de Karlsruhe repartit au bout de quelques jours, il n'avait pas eu l'occasion de la voir. A partir de ce moment-là son désir fut éveillé et ses pensées se fixèrent donc sur cette étrangère ; de toute façon, être amoureux lui paraissait louable et utile pour un jeune poète et il ne s'éprit pas moins vivement ni plus mal de celle qu'il n'avait jamais vue que d'autres garçons s'éprennent des jeunes filles qu'ils rencontrent. La serviette où il serrait ses poèmes s'enfla comme un torrent des Alpes au printemps, finit par éclater et dut être remplacée par un modèle plus grand.

Je ne t'ai jamais vue et te connais pourtant,
Je ne te connais pas et cependant je t'aime, etc.

Parfois, il lui arrivait même de pleurer en écrivant. Une vraie misère. Tel fut également l'avis de M. Eiselein lorsqu'un hasard fit tomber entre ses mains quelques feuilles du manuscrit. Il en avait déjà utilisé deux pour envelopper du salami et, à la troisième, il fut frappé par l'écriture qui trahissait la griffe du lion ; il lut les vers d'amour de son fils avec un sentiment d'horreur croissante, car Charles-Eugène s'y dépeignait comme un être qui a succombé sans espoir de salut à une passion malheureuse et qui erre au plus profond d'une vallée de larmes, etc. L'explication qui s'en suivit fut pénible pour les deux parties. Le père dut reconnaître que deux de ces poèmes avaient trouvé, bien que d'une manière étrangement commune, le moyen d'atteindre le peuple. Le fils, en revanche, fut obligé de feindre que ces preuves enflammées de sa passion, qu'il avait arrosées de ses larmes, n'étaient rien de plus que des exercices de style. Mme Eiselein ne sut rien de l'affaire. Lorsqu'il eut surmonté sa première frayeur, le poète, dans un état de tendre confusion, se prit à rêver à ce qui pourrait advenir si ses poésies imprégnées de salami arrivaient malgré tout à la connaissance d'une jeune beauté et trouvaient grâce à ses yeux. Dans ce cas, c'est très volontiers qu'il eût été prêt à reporter ses sentiments sur elle. Comme tout cela demeurait à l'état de rêve, il fut heureux de voir les vacances prendre fin. Il emballa soigneusement sa volumineuse serviette et regagna la ville et l'école un peu plus calme qu'il n'était venu.

A ce moment-là, il commença à écrire ses lettres dans un style grandiloquent et parfois difficile à comprendre. Parfois aussi, ses missives se faisaient attendre, jusqu'à ce que sa mère le rappelât à ses devoirs.

Puis Charles-Eugène revint aux vacances suivantes. Il avait à présent terminé sa croissance, sa tenue était très élégante et ses manières étaient tout à fait celles d'un adulte. Entre autres témoignages de maturité, il descendit dès le second jour à la boutique, souriant, se chercha avec circonspection un cigare et l'alluma. « Ha ! ha ! depuis quand fumes-tu donc ? » demanda son papa ; alors Charles-Eugène fut étonné, presque indigné que l'on ne trouvât pas la chose toute naturelle. Pendant que son père lui parlait, il prit une bouteille et se versa un apéritif, ce qui stupéfia si bien l'épicier qu'il en resta muet. Dans sa chambre traînaient des œuvres de Henri Heine, quelques romans modernes et, à la place de la grosse serviette où il rangeait ses poèmes, il avait apporté un petit cahier intitulé : *Fange*, drame par C.E. Eiselein. A la page suivante se trouvait une interminable liste de personnages.

Les vacances s'écoulèrent dans le calme et la bonne humeur. Toutefois, un petit orage éclata pendant la seconde année scolaire. Il vint une lettre du directeur de la pension, disant que le garçon était sur une mauvaise voie, qu'il s'était plusieurs fois absenté la nuit, qu'on l'avait rencontré, il n'y avait pas longtemps, dans un café et qu'il était soupçonné d'avoir une liaison avec une serveuse. Et tandis que ses parents, épouvantés, réfléchissaient encore à ces abominations, désolés et perplexes, ils reçurent un billet de leur fils, négligemment griffonné sur un bout de papier et qui disait : « Il me faut douze marks cinquante d'ici à mercredi. Si vous ne pouvez pas me les donner, je me brûle la cervelle. Charles-Eugène. »

C'était donc cela, la fange. Cependant, cette affaire fit moins d'éclat qu'on ne l'eût pensé. La mère se rendit au chef-lieu, les dettes de café du garnement furent payées, il fut soumis lui-même à une surveillance sévère, témoigna un véritable repentir et fit preuve d'une modestie exemplaire pendant quelque temps. Puis il recommença peu à peu à faire le malin et dans ses conversations comme dans ses lettres, il lui arrivait de qualifier cette vilaine affaire de frasque juvénile aussi comique et pardonnable que l'avait été son expédition en Amérique.

Plus l'année scolaire approchait de son terme, plus cette échéance rappelait clairement et avec insistance à Charles-Eugène qu'il était fait pour être poète et qu'en conséquence, il lui était impossible d'entreprendre des études en vue de s'assurer un gagne-pain. L'histoire et la philosophie étaient les seules branches auxquelles il pût, sous certaines réserves, reconnaître quelque valeur. Cependant, son père se montra intraitable sur ce point et même après avoir lu quelques-unes des poésies de son fils, il demeura ferme sur ses positions et exigea qu'il choisît de faire de solides études afin d'exercer une profession déterminée. Quand Charles-Eugène comprit que, cette fois, il puisait dans un tonneau percé, il fit volte-face et se déclara prêt à étudier la philologie, à la condition qu'on lui permît d'entrer dans une société d'étudiants. Et bien que sa mère intervînt à son tour dans le débat et s'opposât vivement à ce projet, le jeune homme arriva néanmoins à ses fins. Mais les parents montraient des visages soucieux ; depuis quelque temps, le commerce rapportait moins que jamais car de nouvelles boutiques surgissaient à chaque coin de rue et le fils de la maison, comme écolier déjà, avait coûté des sommes si considérables que ses parents avaient dû passablement réduire leurs dépenses et envisageaient l'avenir avec inquiétude.

Ainsi ce premier semestre, avec les frais d'inscription aux cours, l'achat des livres, l'entrée dans une société d'étudiants, les leçons d'équitation coûta-t-il effroyablement cher. Malgré tout, les deux vieux, et même la sévère maman se sentirent fiers et heureux, lorsque l'étudiant revint à la maison pour ses premières vacances, de voir ce beau garçon vigoureux, gai et chevaleresque, avec sa moustache et ses bottes de cavalier. Toutes les jeunes filles de la ville en furent émues et à la partie de quilles du Cercle national où il accompagna son père, il fut reçu avec beaucoup d'égards et l'on félicita le vieil homme de la belle prestance de son fils. Bien sûr, on ne put lui épargner quelques profonds soupirs, ainsi qu'un pénible et laborieux entretien au sujet de l'emploi des grosses sommes d'argent qu'on lui avait remises. Un semestre aussi dispendieux ne devait pas se reproduire, les affaires n'allaient pas fort et il fallait aussi qu'il restât quelque chose pour l'avenir.

Bref, l'argent devint de plus en plus le point cardinal et le pivot de tout échange avec ses parents, qu'il fût oral ou épistolaire. Il n'échappa bientôt à aucun observateur que M. Eiselein s'était lourdement trompé dans ses calculs.

Il n'est rien de plus émouvant, de plus douloureux, que de voir un honorable citoyen, appartenant jusque-là à la classe aisée, adopter progressivement un régime de sordides économies. Il aurait bien besoin d'un nouvel habit noir, mais l'ancien doit encore servir et devient peu à peu le symbole de la régression générale du ménage. Cet habit prend chaque jour une teinte plus brunâtre, un aspect plus graisseux ; les coutures des épaules deviennent plus visibles et plus marquées, comme les rides sur un visage de plus en plus soucieux. Les manches commencent à s'effranger, jusqu'au moment où intervient la couture d'un galon, première réparation d'urgence qui arrête provisoirement la décadence, mais dénature la coupe du vêtement.

Eiselein n'en était pas encore là, mais les signes précurseurs se multipliaient. Aux yeux des personnes de son rang et pour sa petite ville, il avait toujours été quelqu'un d'aisé, et la boutique aurait pu nourrir plusieurs enfants, mais ce fils qui grandissait dans un milieu toujours plus cossu et plus étranger à leurs habitudes dévorait tout à mesure. Il était fatal qu'il entendît toujours plus souvent de tels propos et que les rapports entre les parents et leur fils dégénérassent peu à peu en une guerre larvée, tenace et presque acharnée pour l'argent.

En attendant, le second semestre succéda au premier avec, dans l'intervalle, les vacances qui se déroulèrent dans une lourde atmosphère de malaise, les dépenses augmentant plus qu'elles ne diminuaient. Dans le courant du troisième semestre, Charles-Eugène annonça tout à coup qu'il avait quitté la société d'étudiants dont la vie terre à terre l'avait par trop distrait de ses études littéraires et détourné de lui-même. Les cours d'équitation, les souscriptions, les sorties, les casquettes, rubans et autres articles du même genre disparurent du budget et furent remplacés par des notes de librairie très salées. Et un beau jour, on vit arriver sous bande le plus récent numéro d'une étrange revue qui contenait un long poème de Charles-Eugène. La revue s'intitulait *L'Abîme*, paraissait deux fois par mois, coûtait vingt francs pour une année et se consacrait à introduire auprès du public de jeunes talents dignes d'être connus et qui représentaient le mouvement littéraire d'avant-garde. M. Eiselein ne comprit ni le poème de son fils ni les textes des autres collaborateurs. Il se réjouit toutefois de ce premier succès et supposa qu'une revue aussi distinguée et aussi chère, imprimée en caractères gras, devait, pour le moins, rétribuer convenablement ses collaborateurs. Il écrivit en ce sens à l'étudiant, mais ne reçut aucune réponse.

Le jeune homme avait considérablement changé au moment où il revint passer, une fois de plus, quelques semaines à la maison. Il ne restait plus trace de son élégance vestimentaire et il affichait à présent un ingénieux laisser-aller, à mi-chemin entre l'allure du vagabond et celle de l'artiste. Les grosses taches qui maculaient les manches de son veston ne semblaient pas le gêner le moins du monde et il n'accordait plus d'importance qu'à la couleur de sa lavallière et à la manière de la nouer. Son feutre mou était noir et ses bords dépassaient en largeur les exigences de la mode italienne. A la place de cigares, il fumait de courtes pipes de bois ou de terre. Son comportement était d'une simplicité teintée d'ironie. Comme ses dépenses étaient aussi plus modérées, ses parents n'eurent aucune raison de blâmer ces changements, ils espéraient au contraire le voir devenir un candidat modeste et assidu. Il se garda bien de dissiper ces rêves ou même de révéler ce qu'il était advenu des sommes qu'il avait touchées à titre de frais d'inscription aux cours. Si d'aventure il était question d'examens ou de choses de ce genre, un sourire grave et mélancolique se dessinait sur ses lèvres qu'encadrait une barbe négligée. Tous les quinze jours cependant, *L'Abîme* arrivait par la poste et plusieurs numéros contenaient des poèmes de l'étudiant. Chose curieuse, alors que le jeune homme paraissait en parfaite santé, sain d'esprit et sans acrimonie, ces poésies étaient presque toutes inintelligibles, maladives et misérables à en mourir, comme si quelque abîme l'avait réellement englouti. Les autres n'étaient pas meilleures ; tout le contenu de la revue, dont le sens n'était accessible qu'à certains initiés, avait une résonance geignarde, d'une idiotie fantomatique. On y évoquait des temples, des solitudes, des mers déchaînées, des bosquets de cyprès toujours hantés par quelque timide adolescent qui errait en poussant de profonds soupirs. On comprenait bien qu'il s'agissait là de symboles mais on n'en était pas plus avancé pour autant.

Dans la ville universitaire où il étudiait, Charles-Eugène passait la plupart des soirées qui n'étaient pas occupées par son activité poétique dans le même petit café proche du manège où quelques étudiants en faillite employaient tristement leur jeunesse à boire et à jouer aux dés. C'était des gaillards vraiment géniaux qui valaient tout un amphithéâtre rempli d'ambitieux, des gens qui susurraient leurs jugements sur Dieu et sur le monde et qui avaient depuis longtemps arraché à la vie ses quelques secrets. C'est précisément la raison pour laquelle ils ne faisaient plus rien que s'attabler au café, boire et jouer aux dés à dix *pfenning* la partie.

Le poète en était à son cinquième semestre. Survint alors une sombre journée — l'Ennemi, les femmes, les dettes — et l'Ennemi, c'était les professeurs auxquels il ne paraissait ni nécessaire ni souhaitable que Charles-Eugène demeurât plus longtemps à l'université, de sorte que le compagnon de l'abîme s'assit à sa table et écrivit la lettre suivante à M. Georges Eiselein, épicier à Gerbersau :

Mon cher père,

Un de ces prochains jours — je fais déjà mes bagages — j'arriverai chez vous où je pense rester un certain temps. Le moment est venu pour moi d'entreprendre un travail sérieux, chose impossible ici. Préparez-moi, s'il vous plaît, ma chambre de vacances. As-tu encore en magasin de ce bon tabac hollandais, où bien dois-je en apporter d'ici ? Je te dirai tout le reste de vive voix.

Ton fils C-E.

On n'avait encore jamais reçu de lettre aussi posée, aussi résolue, d'un ton aussi calme et aussi viril. Son père en fut profondément réjoui ; il commanda un envoi de ce tabac dont il n'avait plus voulu suivre la vente et demanda à Mme Eiselein de préparer la chambre pour le retour du fils prodigue. On se mit à récurer, à gratter, à déplacer des meubles, à battre des tapis ; le fauteuil fut recouvert à neuf, on lava les carreaux des fenêtres, on suspendit de nouveaux rideaux. On pouvait bien s'accorder cela, à présent — un profond soupir de soulagement succéda à l'oppression qui pesait sur le ménage, puisqu'on n'aurait plus besoin de se saigner et d'épuiser ses forces pour celui qui avait quitté la maison.

Une valise contenant des habits arriva en même temps que deux lourdes caisses de livres et le lendemain, l'étudiant lui-même était de retour. Son vieux père fut tout ému de le voir devenu si réservé et si sérieux. Reconnaissant, le jeune homme s'installa dans son accueillante chambre, rangea ses livres, fixa à la paroi son râtelier de pipes et quelques gravures sous lesquelles il accrocha le portrait d'un poète dont les œuvres étaient une sorte de Bible pour les disciples de *L'Abîme*. C'était un buste en noir et blanc, d'une facture ultra-moderne, dont les traits étaient à l'évidence fortement exagérés et qui représentait un jeune homme au regard malveillant, au front chargé de soucis et dont la bouche avait une expression extraordinairement hautaine ; il portait un col et une cravate à la dernière mode. A l'arrière-plan, on découvrait avec étonnement la reproduction d'une célèbre statue équestre de la belle et farouche époque des condottieri, dont l'expression de froide témérité semblait être une moquerie à l'adresse de l'artiste neurasthénique du premier plan. La volumineuse collection de livres comprenait quelques auteurs grecs et latins, deux ou trois grammaires et dictionnaires datant des années d'école, l'*Histoire de la philosophie grecque* de Zeller et deux tomes du *Manuel de philologie classique ;* tout le reste appartenait au domaine des « belles-lettres ». On y voyait les œuvres d'auteurs encore jeunes, mais qui avaient déjà beaucoup écrit ; elles se présentaient sous des couvertures diaboliquement flamboyantes, ornées de mystérieuses fantaisies linéaires exécutées par des peintres tout aussi jeunes et appliqués et celui qui ne saisissait pas le langage de ces couleurs et de ces lignes pouvait, d'après les titres, juger de la richesse et de la profondeur du contenu. *L'Univers*, trilogie ; *Nuits violettes ; Mystères de l'âme ; Les Quatorze Consolations secrètes de la beauté*. Voilà quelques-uns de ces titres. La plupart de ces ouvrages portaient une dédicace d'un poète à un autre poète ; l'un d'eux, cependant, était dédié au serpent de Zarathoustra et un autre à la sixième partie du monde. Les quelques cochonneries « du demi-monde » et autres écrits du même genre qui s'étaient égarés d'une manière ou d'une autre dans ces sphères glorieuses et dont les couvertures étaient moins belles mais beaucoup plus explicites que celles des autres livres se glissèrent honteusement dans un espace resserré de la bibliothèque. Un Dante partiellement coupé vint s'appuyer contre un Boccace traduit en allemand et coupé jusqu'à la dernière page. Quelques volumes du Zuricois Meyer faisaient soupçonner à l'observateur la présence probable d'un certain nombre de ces honnêtes écrivains sans prétention d'avant l'époque moderne. Toutefois, cette conjecture devait se révéler sans fondement.

On était au cœur de l'été et Charles-Eugène allait parfois jusqu'à la forêt, un volume dans la poche, pour lire à l'ombre des sapins. La forêt elle-même ne l'intéressait pas. La fréquentation du poète-condottiere l'avait complètement déshabitué des joies de la nature sauvage qui n'avaient jamais été chez lui bien profondes, et, à la subtile école de l'Anglais Oscar Wilde, il avait appris que la nature ne peut jamais rien créer que de médiocre, au contraire de l'art qui est l'ennemi de la nature dont il est jaloux. Chez lui, il se tenait toujours à l'écart, dans sa chambre, car le milieu familial manquait par trop de style et de distinction, surtout à cause du bruit et des odeurs de la boutique. Retiré dans sa chambre, il fumait, écrivait et se plongeait dans la lecture de ces livres aux titres et aux couvertures bizarres. Les deux œuvres d'Oscar Wilde qu'il possédait constituaient sa lecture préférée ; il s'agissait de traductions, car il ne savait pas l'anglais. Il avait découvert et acheté l'un de ces ouvrages quand il était encore membre d'une société d'étudiants et un jour, il en était résulté d'âpres querelles avec un camarade qui trouvait le livre insensé et qui avait, pendant quelque temps, appelé son auteur « *den wilden Oskar* ». Il est indéniable que Charles-Eugène devait beaucoup à cet Anglais.

C'était probablement à cause de ces lectures que son propre travail n'avançait pas. Il projetait d'écrire dans une sorte de prose lyrique et sur le modèle des *lieder* de *Zarathoustra* un livre qui devait être un prodige de subtilité et de profondeur. Cependant, le commerce assidu avec des œuvres aussi raffinées le privait à chaque fois de ses moyens, lui dérobait son temps et ses forces et le décourageait complètement car il s'apercevait que tout ce qu'il y a de plus rare et de plus subtil avait été dit depuis longtemps par d'autres. Certes, il ne manquait pas d'idées, mais il se trouvait toujours que l'une d'elles avait déjà été exprimée par Nietzsche, une autre par Dehmel, une troisième enfin par Maeterlinck. Et ses états d'âme, ses souffrances, sa mélancolie même — tout cela avait été déjà chanté, soupiré ou balbutié ici ou là dans de beaux livres. Quand il voulait bien se regarder lui-même avec une certaine ironie — exercice qui lui était familier — il en résultait une image qui existait depuis longtemps déjà et qui avait été maintes fois reprises et bien dessinée — que ce soit par Verlaine, Bierbaum ou quelqu'autre écrivain. Peut-être aurait-il dû en conclure que, précisément, il n'avait rien de neuf à dire et que, pour cette raison, il ferait mieux d'économiser son papier et de s'occuper d'autre chose.

A vrai dire, il y avait un obstacle à ce changement. Il ne pouvait plus être question de revenir à des études qui lui permettraient de gagner son pain, car il ne possédait aucune base ; il n'avait jamais commencé à étudier. Il avait froid dans le dos en pensant au jour inévitable où cette douloureuse vérité aurait cessé d'être son secret. Jusqu'ici, il avait toujours espéré qu'un jour il se distinguerait grâce à son œuvre et qu'il rachèterait ainsi ses années de fainéantise. Il l'espérait encore, mais avec moins d'assurance. Certes, *L'Abîme* continuait à imprimer ses poèmes sans qu'il en reçût aucune rétribution et l'obligation d'avoir à présenter sa quittance d'abonnement si l'on voulait être accepté comme collaborateur de la revue ne lui parut soudain plus une condition aussi anodine qu'au commencement. D'autres revues auxquelles il s'adressa ne lui donnèrent aucune réponse ou lui retournèrent immédiatement ses vers, parfois même avec des commentaires insultants.

S'il avait consenti à écrire à la manière de ces fabricants de romans à l'ancienne mode et de gens de cet acabit, pensait-il, le succès ne se serait pas fait attendre ! Mais celui qui ne peut offrir que ce qu'il y a de plus personnel, de plus intime, de plus particulier, celui qui met son amour-propre à créer de nouvelles formes, à élaborer un langage d'une pureté sacramentelle, un langage de fête, celui-là devait naturellement être le martyr de l'idéal. Non, quand bien même le succès ni la gloire ne le récompenseraient jamais, il ne pourrait en aucun cas écrire ni célébrer autre chose que ce que lui inspireraient les visions et les états d'âme uniques et profonds où il s'était trouvé dans les moments les plus intimes de son existence.

Un jour, il conçut un nouvel espoir. Il écrivit aux deux poètes qu'il estimait le plus. Dans ses lettres, il leur dépeignait la façon dont leurs œuvres avaient été pour lui des révélations, il leur exprimait dévotement sa vénération et terminait en les priant de le conseiller dans ses infortunes de poète. Un numéro de *L'Abîme* et quelques poèmes étaient joints à la missive.

Eh bien, les deux célébrités répondirent. L'un des poètes écrivait, dans un style très solennel, que l'art était en effet un martyre, mais que c'était un honneur de pouvoir porter ce lourd fardeau ; que l'œuvre aujourd'hui sans audience serait peut-être reconnue à une époque ultérieure et accéderait à la gloire qui lui était due. Il exhortait ce jeune disciple à rester fidèle et à ne jamais oublier la vieille sentence *ars longa, vita brevis*. Le second poète usait d'un style épistolaire tout à fait courant. Il remerciait beaucoup pour la magnificence des termes employés et réexpédiait les beaux vers sous le même pli ; d'ailleurs, il lui semblait que M. Eiselein, sauf erreur de sa part, se trouvait dans l'agréable situation d'un particulier qui faisait de la poésie pour son plaisir et ne connaissait pas la misère de ceux qui doivent vivre de leur plume. Dans ce cas, pourrait-il demander à M. Eiselein, dont la lettre et les poèmes trahissaient un si subtil ami des arts, de lui consentir un prêt de deux cents marks, car il se trouvait présentement très gêné. On ne pouvait se figurer la vie d'un artiste sous un jour assez triste ; par exemple, le livre exalté avec tant d'enthousiasme par M. Eiselein, *L'Univers*, trilogie, lui avait rapporté en droits d'auteur, pendant les trois ans écoulés depuis sa publication, la somme de 24 marks 75 net, et si, à côté de son travail, il ne s'était pas chargé de la chronique sportive dans un quotidien, il y aurait longtemps qu'il serait mort de faim.

Déçu, Charles-Eugène serra les deux lettres tout au fond d'un tiroir. Il s'était déjà souvent répandu en invectives contre le peuple allemand qui laissait ses poètes dans l'indigence, cependant, c'était la première fois qu'il voyait cette misère d'aussi près et avec autant de netteté. N'ayant guère fait autre chose dans sa vie que de composer des poèmes, comment aurait-il pu savoir que la plupart des gens, même s'ils lisent réellement des livres, souhaitent découvrir et lire des choses plus importantes que les rêves et les états d'âme évanescents de quelques exaltés ? Certes, il croyait connaître la vie, mais il ne savait pas que, retiré à l'écart, il vivait dans un désert stérile et que, de l'autre côté, dans la vie réelle, chaque journée engendrait des prodiges auprès desquels les artifices les plus raffinés des symbolistes perdaient toute efficacité et toute couleur.

Les jours s'écoulaient sans qu'il fît grand-chose en dehors de la lecture. Les couleurs de l'été tournaient au brun, les fleurs commençaient à se faner ; les pluies de septembre lavèrent les verdures poussiéreuses. Les feuillages prenaient des teintes plus vives, les nuits étaient fraîches et les petits matins brumeux. Et tandis que le grand érable perdait ses feuilles, une lettre s'engouffra par la porte de la boutique et fut déposée sur le coin de la table avec le reste du courrier. M. Eiselein la prit, se dirigea vers son comptoir, lut la lettre, la relut, la mit de côté avec un soupir désespéré et finalement monta lui-même au premier étage pour la remettre à la maman. La lettre provenait d'un commerçant de la ville universitaire et révélait que Charles-Eugène y avait encore de nombreuses dettes dont son père n'avait eu aucun soupçon.

Descendu ce matin-là dans la boutique pour y remplir sa blague à tabac, l'étudiant avait aperçu et reconnu la lettre déposée sur la table et s'était senti fortement tenté de la soustraire à la vue de ses parents. Toutefois, l'affaire devait bien une fois ou l'autre apparaître au grand jour, et il lui avait semblé préférable de consommer tout de suite sa ruine plutôt que de continuer à vivre avec cette angoisse au cœur. Depuis lors, il s'était retiré dans sa chambre où, de moment en moment, il s'attendait à voir entrer ses parents, chaque minute lui paraissant plus longue qu'un semestre d'hiver. Cette heure fut plus riche de sentiments, d'expériences et de souffrances que n'en contenaient tous ses poèmes et sa morale d'artiste libre et désinvolte se durcit en une obstination pleine de mélancolie et de tourments. Cependant, il ne vint personne. C'était l'heure du déjeuner et, après quelques hésitations, il rassembla tout son courage et se rendit à la salle à manger. Son père s'y trouvait seul et prenait déjà son potage, les yeux baissés. La soupière une fois enlevée, on apporta le rôti de bœuf et les légumes qui furent mangés en silence ; Charles-Eugène était sur le point de s'évanouir de peur et d'émotion.

« Où est maman ? finit-il par demander, la gorge serrée.

— En voyage.

— Où donc ?

— Tu le sauras bientôt. »

Il n'insista pas. Mais en pensée, il voyait la petite silhouette de sa mère marcher d'un pas énergique dans les rues de la ville universitaire et découvrir à quoi il avait employé le temps de ses études, comment, de fil en aiguille, il avait ajouté les dettes aux turpitudes. Elle se rendait à son ancien logis, chez les commerçants et les cafetiers, chez les libraires, chez le juif Werzburger et aussi, hélas, chez les professeurs dont le verdict achèverait de sceller son destin et de lui tordre le cou.

Le pauvre rimailleur savait maintenant que son heure avait sonné. Si au moins c'eût été son père qui avait fait le voyage ! Mais sa mère ! Elle n'oublierait pas un détail, rien ne lui échapperait ; de ses yeux injectés de sang, elle examinerait même les premiers semestres oubliés et pardonnés.

Quatre journées s'écoulèrent dans le silence, l'appréhension et l'angoisse, des journées pleines de méfiance et de doute pour le père, de tension nerveuse et de tourments pour le jeune homme. Ils ne se parlaient pas, bien qu'ils en ressentissent tous deux le besoin. Le fils ne voulait rien dire avant de savoir lesquels et combien de ses péchés avaient été découverts. Pour la première fois, le père fut implacable et se sentit profondément indigné, car, après avoir secrètement, et une fois de plus, fondé de brillants espoirs sur l'apparente amélioration survenue dans la conduite de Charles-Eugène, il découvrait que tout cela n'avait été qu'une comédie.

Le cinquième jour, Mme Eiselein rentra chez elle et le dernier petit espoir que le jeune et le vieil homme avaient pu encore conserver malgré tout fut mis en pièces et réduit en poussière. Elle connaissait non seulement le chiffre exact des dettes qu'avait encore son fils, mais elle savait aussi tout le reste. Qu'il n'y avait jamais eu d'études, que l'argent envoyé pour tous ces semestres avait été jeté par les fenêtres et qu'il était bel et bien perdu. Que Charles-Eugène ne s'était pas retiré de la société d'étudiants, mais qu'il en avait été expulsé. Qu'il avait orné sa chambre d'une tapisserie japonaise et de statuettes obscènes ; qu'il avait eu des relations avec des femmes de mauvaise vie et qu'il avait acheté une broche pour l'une d'entre elles, une actrice. Et beaucoup d'autres choses du même genre.

Après avoir tout exposé et énuméré d'une manière objective et familière devant le pécheur confondu et le père effondré, la mère s'assit sur une chaise, transperça son fils du regard et dit :

« Eh bien, qu'en dis-tu ? Est-ce vrai, oui ou non ?

— C'est vrai, confirma-t-il à voix basse.

— Es-tu une crapule, oui ou non ?

— Maman...

— Oui ou non !

— Oui, murmura-t-il en rougissant jusqu'à la racine des cheveux.

— Maintenant, tu peux lui parler, Georges », dit-elle au papa dont l'indignation éclata alors avec désespoir. Tous les gros mots qu'il avait jusque-là épargnés au garçon jaillirent alors de sa bouche avec une telle impétuosité que le mauvais sujet avait de la peine à reconnaître son père, tandis qu'à son grand étonnement sa mère demeurait tranquillement assise et observait avec une étrange mimique le déclenchement des lamentations, la fureur et les grondements du tonnerre paternel.

« Tu peux maintenant nous laisser seuls », dit-elle calmement à Charles-Eugène lorsque son père se tut et s'écroula, suffocant, dans son fauteuil. L'aiguille de la balance avait de nouveau bougé et, depuis ce jour-là, le centre de gravité du pouvoir domestique se fixa du côté de cette femme intelligente et résolue. On ne perdit pas de temps à discuter ce point, mais Eiselein senior ne prit plus une seule décision sans interroger d'abord sa femme du regard et Eiselein junior devina que ce serait désormais à sa mère seule qu'il devrait rendre compte de sa conduite et la justifier. C'est pourquoi il se soumit tacitement à elle et attendit en silence que ce fût son tour de parler.

C'est ce qui arriva bientôt, et d'une manière radicale. Elle ne lui fit grâce de rien, depuis sa fugue d'Indien jusqu'à la tapisserie japonaise ; il vit ses fautes et ses vices fidèlement notés et comptabilisés et le règlement se solda pour lui par un énorme déficit. Du même coup, sa mère jugea opportun de lui faire connaître la gravité de la situation en ce qui concernait le commerce et la fortune paternels, sans manquer, bien entendu, de lui faire remarquer avec insistance combien il était, lui, le fils de la famille, responsable de cette régression.

« Voilà où en sont les choses, conclut-elle enfin, et il nous faudra au moins encore quatre ou cinq ans avant de pouvoir acquitter tes dettes. Que vas-tu devenir à présent ? »

Charles-Eugène avait fait mine, à plusieurs reprises d'interrompre l'exposé véhément, mais objectif de sa mère et chaque fois, on lui avait fermement enjoint de se taire. A présent, il était là, terrassé et anéanti, obligé de donner une réponse. Il se leva, repoussa sa chaise et déclara d'un air sombre :

« Je ne sais pas que dire, de toute façon, tu ne me comprendrais pas. Le mieux est que je m'en aille tout de suite. Si j'atteins mon but, vous entendrez reparler de moi ; dans le cas contraire, je ne serai pas le premier qui aura couru à sa perte. »

Il se dirigeait déjà vers la porte, assez fier de sa situation désespérée et de l'intonation tragique qu'il avait donnée à ses paroles, mais sa mère le rappela.

« Aie l'obligeance de rester assis jusqu'à ce que j'aie terminé », dit-elle.

Il reprit discrètement sa place. Elle riait sous cape.

« Est-ce que tout ce théâtre ne va pas cesser une bonne fois, gros bêta ? Où veux-tu aller ? As-tu donc de l'argent ? Tu n'es pas du tout le genre d'homme capable de me jouer la comédie et quant au coup du désespoir, je n'en donnerais pas un centime. Ou bien tu veux te suicider, peut-être ? Allons, tu n'iras pas jusque-là, je te connais trop bien. Que veux-tu, tu es malheureusement notre garçon et nous allons voir ce que nous pourrons encore faire de toi. Il n'est pas question de partir pour le moment, donc ne joue pas la comédie et dis ce que tu as à dire. Que je te comprenne ou que je ne te comprenne pas, c'est mon affaire. Et pourquoi me serait-il tout à fait impossible de te comprendre ? Tu ne me connais pas assez pour en juger. Allons, je t'écoute ! »

Le jeune homme était secrètement heureux qu'elle ne l'eût pas laissé partir et, malgré son humiliation, il commença à lui accorder un peu de confiance. Après avoir toussoté, soupiré et fait quelques grimaces préliminaires, il se mit à parler et expliqua que, de tout temps, il avait voulu devenir poète. Qu'on le croie ou non, il avait suffisamment étudié, beaucoup appris et était à présent sur le point de créer sa première œuvre. S'il devait abandonner ce travail, les belles années de sa vie seraient doublement perdues ; peut-être réussirait-il dans cette voie et alors tout serait réparé. Il raconta à sa mère que certains écrivains possédaient des maisons de campagne et voyageaient en première classe, mais il passa sous silence les lettres des deux poètes symbolistes. Elle l'interrompit pour lui dire qu'il pourrait déjà s'estimer heureux s'il arrivait à payer ses dettes. Et combien de temps lui faudrait-il encore pour terminer son œuvre, si plusieurs semestres n'y avaient pas suffi ? Il retrouva alors toute sa vivacité et expliqua à sa mère que ce genre de choses exigeait beaucoup de maturité. « Maturité ! » dit-elle avec un sourire ironique. Il prétendait néanmoins qu'il était déjà assez avancé dans son travail et que s'il disposait encore de la saison d'hiver, il pourrait terminer ce qu'il avait commencé.

« Je vais réfléchir jusqu'à demain, dit-elle, nous n'en sommes pas à un jour près. Nous reparlerons de tout cela demain. Mais dès aujourd'hui, tu dois cesser de te servir à discrétion de tabac et d'eau-de-vie dans la boutique. Penses-y ! »

Lorsque le jeune homme se retrouva dans sa chambre et réfléchit à ce qui venait de se passer, il se sentit misérablement petit, humilié, et éprouva une sorte de honte devant les titres orgueilleux des ouvrages rangés contre la paroi ; cependant, il était heureux d'être délivré de son angoisse et de sentir à nouveau le sol sous ses pieds. Il prit le gros cahier qui contenait les premières lignes de son grand poème. *La Vallée des âmes livides,* lisait-on sur la couverture et ce titre lui parut bon, un vrai petit chef-d'œuvre. Il en avait eu la révélation soudaine trois mois auparavant, alors qu'il rentrait chez lui après une beuverie solitaire et, depuis lors, il croyait vraiment à son œuvre, il avait le sentiment que le plus dur était fait, que le point critique était dépassé. Même la dédicace était toute prête. Adressée à ce fameux poète-martyr dont il avait reçu une lettre, cette courte et belle dédicace alliait subtilement l'orgueil à l'humilité et exprimait les sentiments du jeune poète qui s'incline avec déférence devant un esprit d'élite.

Le soir même, M. Eiselein eut un deuxième entretien avec sa femme. Il ne savait plus quel parti prendre, se répandait tour à tour en gémissements et en malédictions et se sentait d'autant plus misérable que sa femme le pressait plus vivement de faire une proposition.

« Tu n'as donc rien à dire ? demanda-t-elle enfin sur un ton conciliant. »

Furieux, il se leva d'un bond et se mit à arpenter la chambre de long en large comme un homme emprisonné.

« Je vais l'envoyer en Amérique, ce bon-à-rien ! cria-t-il plein de rage.

— Pour qu'il y devienne une fripouille accomplie ? Et crois-tu que le voyage ne coûte rien ? Non, il restera ici jusqu'à ce qu'il ait payé ses frasques. On est déjà venu à bout de choses pires que celles-là.

— Oui, mais comment s'y prendre ?

— Si tu veux bien, je vais voir ce qu'on peut faire. Il faudra avoir beaucoup de patience. Laisse-moi seulement m'occuper de lui ! »

On en resta là, car le maître de la maison ne fit pas d'objections. Il sentait très bien, sans qu'elle eût rien ajouté, ce que signifiait cette mise à l'écart.

« Tu l'as laissé déchoir, dit-elle, je veux le remettre sur pied ; quant à toi, ne t'en mêle pas ! »

Le lendemain, elle fit venir auprès d'elle le garçon qui attendait ce moment dans l'angoisse et le mit au courant de ses décisions.

« J'ai discuté à ton sujet avec papa, dit-elle. Je ne crois pas sérieusement à tes écrivailleries, mais pour que tu ne puisses pas dire que nous t'avons empêché par la force de tenter ta chance, tu vas pouvoir faire ce que tu voudras une fois encore, mais ce sera la dernière. Donc, tu peux écrire tant que tu veux pendant cet hiver. Nous sommes en octobre : d'ici au printemps tu peux déjà produire quelque chose ; mais si cela ne donne rien, ce sera fini de baguenauder et tu devras entreprendre un travail sérieux. Cela te convient-il ? »

Cela lui convenait et il ne manqua pas de remercier sa mère. L'idée de n'être plus obligé d'exercer secrètement ses activités, mais au contraire, de pouvoir désormais mener une vie de poète licite et reconnue de tous faisait bondir son cœur dans sa poitrine. Il se sentait délivré du poids de l'angoisse et de la mauvaise conscience, il respirait à nouveau et dans la légitimité un souffle vital, après avoir si longtemps cheminé sur la mince couche de verre d'une existence fictive et illégale. Il espérait donc prendre un nouvel essor et se réjouissait de se mettre sérieusement au travail. Car personne ne parle plus volontiers de travail que les poètes, les artistes et les flâneurs de cette espèce. Charles-Eugène gravit gaîment l'étroit escalier qui conduisait à sa chambre, se jeta dans son fauteuil avec un soupir de soulagement, alluma une pipe, alla prendre sur un rayon *Les Nuits violettes*, l'un de ses livres préférés, et se plongea voluptueusement dans la lecture de ces vers libres et hermétiques.

Pour le moment, *La Vallée des âmes livides* n'était encore qu'un épais cahier in-quarto aux pages blanches. Le poète se gardait bien de profaner cette surface vierge qui se morfondait dans l'attente. Seul quelque chose de précieux, de délicat, devait trouver place sur ces feuillets, des processions d'âmes livides devaient y défiler, frémissantes, pareilles à des nuages d'automne à la fois légers et sombres, en alternance avec des rêves pleins de solennité, d'une tonalité flamboyante, dans le style de Gabriele d'Annunzio qui jouait depuis quelque temps, aux yeux de Charles-Eugène, le rôle d'intermédiaire entre la culture romane et la culture allemande. Lui-même n'avait jamais eu la chance de voir l'Italie et les œuvres d'art italiennes, cependant la lecture de cet Italien avait si bien formé son esprit qu'il pouvait sans aucune peine recourir à des comparaisons et à des images telles que celles-ci : « noble comme les gestes d'une madone de Carlo Crivelli », ou bien : « audacieux comme une forme sculptée par le divin Benvenuto Cellini » ; ou encore : « un sourire d'une suavité léonardesque ». Il collectionnait ainsi en se jouant les trésors des anciennes cultures étrangères ; il donnait à son style tantôt l'ardeur de d'Annunzio, tantôt la maturité flétrie de Huysmans, tantôt le coloris légendaire et rêveur de Maeterlinck ou la moelleuse douceur de Hofmannsthal. Encore un peu de temps pour laisser mûrir tout cela et il en sortirait quelque chose de fascinant et d'exquis.

Il temporisa, feuilleta ses livres, cajola les pages de papier blanc et se prépara à accompagner dignement et solennellement les âmes livides à travers des paysages de rêve chargés de symboles. Ces âmes devaient évoquer tout ce qui est beau, étrange et lointain, et réveiller le souvenir de tout ce qui avait touché, ravi ou attristé l'âme frémissante d'un esthète durant ses nuits solitaires. Les rangées de livres, les pipes et le portrait du poète au condottiere semblaient le considérer d'un regard bénissant et plein d'espoir. Parfois, il avait l'impression que toutes ces œuvres poétiques étaient des choses qu'on pourrait vaincre, ou du moins surpasser. Puis il passait doucement la main sur ses cheveux, abaissait son regard avec une expression songeuse et souriante et rêvait aux heures merveilleuses, riches, créatrices où, à travers les symboles des âmes livides, il s'emparerait de tout ce que le royaume de la beauté contient d'admirable et d'inouï pour en créer des formes pleines de noblesse.

Après avoir vécu de pareils moments, il lui était deux fois plus pénible, en descendant au magasin pour y chercher un quelconque tonique, de rencontrer le regard réprobateur de son père ou de sa mère et d'être obligé de s'en retourner bredouille ou de batailler pour obtenir finalement deux ou trois cigares et autres choses de ce genre, après d'humiliantes prières et explications. Il s'accommodait presque toujours de ces contretemps avec résignation, calme et douceur ou bien profitait des instants d'inattention pour prendre ce dont il avait besoin.

Pendant le mois de novembre, il y eut encore une série de journées ensoleillées où le ciel était bleu et, à la lisière des forêts de sapins, éclataient encore les vives couleurs rouges et jaunes des buissons. C'est à peu près à ce moment-là que la rédaction de *L'Abîme* commença à inviter ses lecteurs à renouveler au plus vite leur abonnement, ce qui provoqua entre la mère et le fils une discussion où ce dernier eut le dessous, de sorte qu'il dut se résigner à l'idée que, désormais, il n'aurait plus la consolation de voir ses poèmes imprimés de temps à autre.

Ensuite, il y eut plusieurs jours de fortes pluies et un matin, la première gelée blanche dépouilla entièrement les arbustes de leurs feuilles.

A peine le poète eut-il aperçu cette gelée qu'il descendit à la cave se chercher un seau de charbon et une brassée de bûches. Il fit la même chose l'après-midi et répéta l'opération deux fois par jour pendant une semaine, jusqu'à ce qu'un soir, tandis que le poêle ronflait et pétillait, Mme Eiselein entrât dans la chambre.

« N'es-tu pas fou ? dit-elle en désignant le fourneau surchauffé. A la rigueur, on peut chauffer comme ça quand il fait dix degrés sous zéro. C'est tout à fait le genre des étudiants. Tu ne sais probablement pas ce que coûte le charbon ? En bas, dans la boutique, il nous faut gagner péniblement chaque sou et toi, pendant ce temps, tu brûles le combustible par demi-quintaux. »

Charles-Eugène s'était levé et regardait farouchement devant lui.

« Sans compter qu'un chauffage excessif est malsain, poursuivit-elle. Il ne faut pas que tu gèles mais tu ne dois pas non plus brûler le triple de ce que brûlent les autres gens. Dorénavant tu trouveras chaque matin ton seau de charbon préparé avec le bois nécessaire. Si tu es raisonnable, cela doit te suffire ; il ne faut plus t'approvisionner toi-même. »

Les réclamations du jeune homme furent inutiles et il resta à bouder dans sa chambre. Pendant deux semaines il se tira d'affaire avec sa ration de combustible ; mais comme il avait l'habitude de surchauffer sa chambre et de passer de longues veillées à lire, il ne tarda pas à constater que la provision était tout à fait insuffisante. Un matin, alors qu'il croyait la maisonnée encore endormie, il se leva en grelottant et se glissa jusqu'à la cave où, à son vif dépit et à son grand effroi, il trouva le réduit à charbon fermé à clé. Son embarras augmenta encore lorsqu'en sortant de la cave il vit, debout sur le seuil, sa mère qui lui souhaita le bonjour.

« Tu prends un peu de mouvement ? s'écria-t-elle en souriant. Oui, oui, c'est très sain de se lever de bonne heure.

— Écoute maman, supplia-t-il, je ne m'en tire pas avec le peu que tu me donnes. Mets donc quelques pelletées de plus !

— Je regrette, répondit-elle, je regrette, mon jeune monsieur. Celui qui ne gagne rien doit au moins savoir économiser. Si vraiment tu as besoin d'un supplément de combustible, tu connais le chemin de la forêt où tu as déjà souvent ramassé des cônes de sapin quand tu étais enfant. Si tu te lèves chaque matin aussi tôt qu'aujourd'hui et si tu vas dans la forêt au lieu d'aller à la cave, tu peux facilement en rapporter un ou deux paniers pleins. Les pauvres gens ne se chauffent pas autrement. »

Dépité, il resta très tard au lit le jour suivant. Le surlendemain, il se leva sans bruit aux premières heures de la matinée, prit un sac et partit pour la forêt. Le ramassage des cônes lui sembla horriblement fatigant, mais au bout d'une heure son sac était plein et il pouvait encore le rapporter chez lui avant que les rues eussent retrouvé l'animation de la journée. Dès lors il y alla tous les jours et sa mère fit comme si elle ne voyait rien. Il eut bientôt découvert les bons coins de la forêt, évita les pinèdes et les nouvelles plantations et s'en tint à la vieille forêt de sapins dont la mousse épaisse était couverte de cônes. Son travail le réchauffait à tel point qu'il avait ensuite à peine besoin d'allumer son poêle. L'air vif des petits matins d'automne lui faisait visiblement du bien et, peu à peu, il réapprit, pour la première fois depuis le temps de l'école, à observer la vie de la forêt. Il voyait le soleil sortir du brouillard, prenait l'habitude d'être attentif au temps qu'il faisait, débusquait tantôt un lièvre, tantôt un faisan qu'il dérangeait dans leur sommeil et, comme il devait malgré tout s'occuper de ces sacrés cônes, il apprit peu à peu à les reconnaître d'après leur forme et leur origine, à distinguer les résineux qui étaient foncés des plus légers qui étaient secs, ceux qui provenaient des sapins blancs et ceux que produisaient les sapins rouges. Les premiers temps, il se cachait dès que survenait une pauvre femme, un garde forestier ou un paysan ; à la longue, il devint moins timide et finalement ce fut aux yeux de tous qu'au besoin il rapportait son sac à la maison, bien qu'il le fit à contrecœur.

On était encore en novembre lorsque arriva le jour où il dépensa la dernière pièce de monnaie qui lui restât du temps de sa prospérité. Il s'adressa timidement à sa mère pour obtenir un peu d'argent de poche.

« De quoi as-tu besoin ? demanda-t-elle. Tu as tout ce qu'il te faut. »

C'était vrai ; en somme, il n'avait besoin de rien, mais

il fallait bien avoir quelques sous en poche, pour parer à toute éventualité.

« Ah oui. » Sa mère approuva d'un signe de tête. « Pour se payer un verre de bière, par exemple, ou autre chose ? C'est tout à fait normal ; malheureusement, je n'ai pas le moindre superflu à donner pour ce genre de chose, mais si ta poésie te laisse ici et là une heure de liberté, tu peux facilement gagner un peu d'argent. Si tu m'apportes un sac de cônes, je te donnerai cinquante centimes. Ou bien si tu veux aider ton père à préparer ses caisses demain matin, tu pourras même gagner un mark. »

Il accepta la proposition et désormais, lorsque son argent bien gagné lui permit d'aller boire une chope à *L'Aigle* ou à *L'Étoile* ou de s'associer à une partie de quilles, il en retira davantage de plaisir qu'à maintes beuveries de naguère.

Quelques jours avant Noël il tomba un peu de neige et tout de suite après le gel apparut de sorte que ses activités forestières prirent brusquement fin. Le poète regretta presque de se voir privé de son occupation matinale. Cependant, le jour de Noël arriva et, une fois les fêtes passées, il fut soudain frappé de voir avec quelle rapidité le temps s'était écoulé et combien il était urgent de se remettre au travail et d'avancer son poème. Depuis quelque temps, des occupations diverses — ramener des sacs de la forêt, fendre du bois, préparer des caisses — l'avaient complètement détourné de son activité poétique.

Lorsqu'il reprit en mains pour la première fois *La Vallée des âmes livides*, ce titre ne lui donna pas entière satisfaction et il essaya d'en trouver un autre, mais en vain. Contrarié, il passa quelques jours à se promener sans but précis, alla plus souvent que d'habitude s'attabler devant une chope de bière et jouer au billard et ne tarda pas à se trouver de nouveau sans argent de poche. Cette fois, il aida à faire les comptes de fin d'année et siégea pendant trois jours au comptoir auprès de son papa. Ce travail lui rapporta quelques marks mais son poème ne s'enrichit pas pour autant. Bien plus, il remarquait chaque fois qu'après des travaux de ce genre les idées, au lieu de venir, lui faussaient compagnie. Tandis qu'il parcourait du regard la page dédicacée et s'efforçait d'en ressentir de l'enthousiasme, il ne put s'empêcher de penser que le riche directeur Selbiger devait encore à son père le montant de son dernier compte semestriel. Était-il indiqué d'envoyer un rappel à ce personnage ? A table, il en parla avec le vieil épicier, mais il fut décidé qu'on attendrait.

De plus en plus souvent, Charles-Eugène constatait, à son grand désespoir, qu'à chacune de ses incursions dans la vie active, il s'éloignait davantage de ses préoccupations poétiques et qu'il se produisait une rupture. Il fit alors un grand effort sur lui-même et rédigea quelques pages dont il ne fut pas satisfait. Le style en était tourmenté et gauche, la vie n'y était pas. Irrité, il jeta le cahier dans un tiroir, alla faire une partie de cartes au *Brochet*, perdit pas mal d'argent et proposa de nouveau à son père de l'aider pendant deux jours à l'épicerie.

Puis il chercha une consolation dans ses livres, qu'il avait négligés depuis quelque temps. Pour la première fois, il se rendit compte qu'ils le laissaient tomber, qu'ils ne lui insufflaient plus aucun élan et qu'ils lui paraissaient même ennuyeux. Ce qu'il lui aurait fallu, à ce moment-là, c'est une œuvre poétique dans laquelle sa détresse morale eût été comprise, exprimée et transfigurée d'une manière rassurante. Mais d'Annunzio contemplait des camées grecs et caressait les épaules des belles baronnes ; Oscar Wilde respirait le parfum des fleurs exotiques et analysait son existence de névrosé ; le poète au condottiere célébrait une « heure bleue » et chantait la beauté d'un jeune garçon qui jouait de la lyre.

Il lui vint un premier et léger pressentiment, accompagné d'une certaine amertume : il découvrait que tous ces beaux livres n'étaient peut-être que des livres, des objets de luxe pour gens heureux, riches et satisfaits, mais qu'ils n'avaient et ne pouvaient pas avoir de rapport direct avec la vie et sa misère — œuvres d'Olympiens assis à des tables d'or, insensibles aux plaintes qui s'élèvent de la masse confuse des humains. La beauté de ces ouvrages lui était apparue lorsqu'il les avait savourés à une époque d'abondance et de paresse. Et au moment où la vie active le réclamait, voilà qu'ils gardaient le silence et ne voulaient rien savoir de lui. Il songea soudain au poète de *L'Univers* qui n'écrivait plus de trilogies mais des chroniques sportives pour un quotidien. Plein de colère et de tristesse, il jeta contre le mur ce livre qu'il tenait justement entre ses mains.

En février, Mme Eiselein, pour la première fois, s'enquit avec précaution de l'état d'avancement du poème. Charles-Eugène était en train de rouler un fût de pétrole dans la boutique. Il esquiva la réponse. Et comme elle était curieuse de connaître au moins le titre de l'œuvre, il déplaça le fût et le poussa plus loin avec un geste de colère et bougonna : « Le titre vient toujours en dernier. » Néanmoins il rougit en disant cela.

A la fin du mois de mars, la maman fit une nouvelle tentative, frappa à la porte, entra chez le poète installé à sa table et lui demanda de voir son ouvrage.

« Il n'est pas terminé, dit-il d'un ton embarrassé.

— Alors il est au moins à moitié fini, insista-t-elle. Je ne sortirai pas de cette chambre avant de l'avoir vu. Sois donc raisonnable, tu me connais assez. »

Ah oui ! Il la connaissait. Pourtant, il hésita encore un long moment avant d'ouvrir le tiroir et de déposer son cahier sur la table.

« *La Vallée des âmes livides* ! Voyez-vous ça ! Le titre, au moins, est à sa place ; un titre plutôt comique, ma foi ! »

Suivait une dizaine de feuillets couverts d'écriture : la plus grande partie de chacun d'eux était biffée.

« Est-ce tout ? demanda-t-elle calmement.

— C'est tout... Je voulais...

— Laisse seulement, ça suffit. »

Quand elle aperçut le visage douloureux de son fils, elle se contint et attendit d'être dans l'escalier pour partir d'un grand éclat de rire.

Un peu plus tard, lorsqu'elle demanda sans détours au poète à quel moment on pouvait espérer que son œuvre serait terminée, il baissa la tête et avoua : « Jamais, je crois. »

En avril, Charles-Eugène entra dans le commerce de son père. L'année suivante, il fit un stage dans un grand magasin d'une ville voisine d'où il revint avec de bons certificats et lorsque, quelques années plus tard, la santé du vieil épicier commença à décliner, il reprit l'affaire à son compte et ne laissa à son père que le soin de rédiger la correspondance.

Au cours de cette année-là, Charles-Eugène acheva tranquillement de se débarrasser de son rôle d'homme de génie comme le serpent quitte sa peau, et il s'avéra que, sous cette enveloppe, bien des traits de caractère hérités de ses parents s'étaient estompés, mais ne s'étaient pas perdus. Ces traits s'accentuèrent et ne tardèrent pas à apparaître au grand jour. De même que son mal du siècle s'était évanoui dès qu'il s'était détaché des livres et de la poésie, de même la fausse profondeur et la fausse assurance de son comportement disparurent en même temps que la cravate et la pose du soi-disant génie, et ce fils qui semblait être un cas isolé dans sa famille confirma néanmoins la vérité de ce proverbe : « bon sang ne peut mentir ». Tiré de son rêve par le doux aiguillon du travail quotidien, le jeune homme comprit peu à peu que sa prétendue précocité avait été bien davantage une façon de prolonger le temps des fantaisies juvéniles. Et c'est avec d'autant plus de sérieux qu'il se mit au travail et aborda sa nouvelle existence.

Les années passèrent, il se maria et devint père de famille ; les affaires n'allaient pas mal du tout et ses dettes étaient payées depuis longtemps. Il lui arrivait parfois, le soir, d'aller prendre dans sa bibliothèque l'un de ses livres d'autrefois et de le feuilleter en hochant la tête d'un air pensif, puis de le remettre à sa place. Cependant le portrait du poète était toujours accroché au mur ; du haut de son cadre, le jouvenceau avec son col à la mode jetait un regard plein d'orgueil et de mépris sur le monde, tandis que derrière lui, l'audacieux et imperturbable condottiere chevauchait toujours sa monture de bronze.

L'HÔTEL DE VILLE

Titre original de la nouvelle

DAS RATHAUS
(Extrait de *Aus Kinderzeiten*)

La chaude atmosphère d'une belle journée d'été baignait dans toute son étendue la ville ensoleillée et les collines environnantes, les tourelles, les jardins, la rivière et les murs. Du côté du sud s'élevait, telle une fabuleuse montagne, une haute paroi de nuages gris clair au relief bien dessiné, tandis que d'autres nuages plus légers, blancs comme neige, voguaient, isolés, et traversaient lentement les lumineuses profondeurs du ciel. Déjà la couleur verte des châtaignes avait tourné au brun foncé, mais sur les arbres qui bourgeonnent plus tardivement les jeunes feuillages avaient encore les gaies et fraîches couleurs du printemps. Les arbres fruitiers avaient presque achevé leur floraison qui embellissait encore de nombreux jardins sur les versants nord de la montagne, en y posant des touches de blanc et de rose, aussi délicates qu'un duvet. La rivière avait déjà pris le ton vert sombre de la saison chaude ; cependant l'abondance de ses eaux révélait que dans les montagnes les plus éloignées et les plus hautes de son domaine, la fonte des neiges n'était pas encore terminée. Aux endroits où son courant était moins fort, elle reflétait le ciel éclatant et faisait légèrement trembler les contours des nuages errants dont la blancheur rayonnante et les ombres mobiles qu'ils projetaient ici et là sur les collines rendaient plus riche et plus vivant ce lumineux paysage.

Sous la poussée de la belle saison, chaque plante était animée d'une légère effervescence. Sur les cerisiers défleuris apparaissaient déjà, au bout de longs pédoncules, des fruits brunâtres et luisants groupés en bouquets arrondis. Dans les prés, c'était un foisonnement de fleurs sauvages aux vives couleurs ; de larges bandes jaunes de dents-de-lion aux fleurs grasses et largement épanouies annonçaient la proximité d'invisibles cours d'eau, tandis que les touffes claires des anémones, ennemies du soleil, ne poussaient qu'aux endroits frais et ombragés. Cette riche variété de couleurs allait se perdre dans les hauteurs de la montagne où elle formait un saisissant contraste avec les sommets puissamment dessinés et l'azur profond du ciel.

A l'intérieur de la ville aussi, la resplendissante lumière du soleil et la fraîche couleur du ciel faisaient ressortir avec vigueur et dans une sorte d'allégresse estivale les formes et les lignes des pignons, les saillies des corniches et des tours ; la vie bouillonnante de la nature printanière affirmait aussi ses droits dans les innombrables jardins entourés de murs, tandis que les fleurs, les légumes et les premiers fruits de la saison animaient le spectacle et le mouvement du marché.

Dans le jardin d'une vieille demeure bourgeoise, sous l'ombre épaisse de vénérables ormes et marronniers, des plates-bandes, des buissons et des arbustes fleurissaient côte à côte avec opulence. Contrastant avec les couleurs et les parfums violents des lilas, du jasmin, des œillets et des giroflées, la sombre beauté des vieux arbres éveillait une impression de bienfaisante gravité, soutenue et renforcée par l'imposante ancienneté des murs et par le bruit clair et rafraîchissant d'une fontaine de pierre dont le grand dauphin métallique conservait, au milieu de la gaîté printanière, la paisible indifférence d'une chose qui n'a pas changé depuis de nombreuses années.

Sans être aménagé selon des règles de style, le jardin dégageait un charme et une atmosphère d'une espèce toute particulière. Certes, il y en avait bien d'autres, plus grands ou plus petits dans cette ville où les maisons bourgeoises et les jardins réjouissaient le regard par la simplicité et la robustesse de leur aspect. Autour du très ancien rond-point planté de marronniers et d'ormes, des buissons abondamment fleuris se pressaient jusqu'aux murs d'enceinte, sans ordre apparent et traversés de quelques allées. Les petites plates-bandes qui exigent de l'ordre et ont besoin d'être protégées se serraient timidement contre la façade postérieure de la grande maison, façade peinte d'un ton lumineux et surmontée d'un pignon. La maison elle-même, dont le beau côté donnait sur la rue, avait un aspect simple et sans prétention, si l'on en jugeait par la claire surface de ses murs dont la largeur et la hauteur, ainsi que les fenêtres en trois parties, dans le style gothique, éveillaient en même temps l'impression rassurante d'une résidence sûre et pourvue de tout le nécessaire. Le rebord des fenêtres qui reposait sur des figures d'animaux finement sculptés et deux gargouilles figurant des loups étaient les seuls ornements et signes de richesse susceptibles de frapper le regard.

Une société composée de jeunes gens avait pris place autour de la grande table de pierre du jardin. C'était des amis du jeune fils de la maison qui, rentré depuis quelques semaines seulement d'un assez long voyage, retrouvait avec joie son ancienne popularité et multipliait les occasions de satisfaire son goût de la vie en société et des causeries entre amis. Parmi les invités se trouvaient plusieurs fils de grandes et puissantes familles, la fleur de la bourgeoisie et dont quelques-uns étaient apparentés à leur hôte. Mais il en manquait beaucoup d'autres qui s'étaient retirés du cercle du jeune Gérard, soit en raison d'inimitiés familiales et politiques, soit par jalousie. A leur place on pouvait voir des amis et des fils de familles modestes dont le mérite personnel les avait tirés hors du rang que leur assignait leur origine et faisait d'eux les égaux des bourgeois de bonne souche. Parmi ces jeunes, les artistes et les amis des arts prédominaient ; en effet, plus on observait les distinctions de classe et de naissance dans les domaines de la politique et des affaires, moins on éprouvait de jalousie à voir surgir dans le royaume des arts et de la science des talents échappés des profondeurs obscures et ignorées pour se faire une place aux côtés des messieurs de bonne famille.

Ce cercle de jeunes hommes s'harmonisait parfaitement avec le beau décor estival du jardin. Sur leurs visages sincères et dans la spontanéité de leurs mouvements se lisait la jeunesse, la ferveur et la sereine gravité d'une virilité mûrissante, de sorte qu'un homme âgé et perspicace qui, comme le paysan, aurait su évaluer la récolte de l'automne d'après les promesses de la floraison et de la germination, se serait réjoui d'avance de l'avenir réservé à sa ville. Ce qui eût frappé le regard d'un tel homme, s'il se fût posé un instant sur ce groupe de jeunes, ç'eût été probablement la charmante silhouette de Gérard, leur hôte, dont la physionomie ouverte, les yeux clairs, le front lisse et sans nuages et les traits réguliers étaient empreints de cordialité. Cependant, il se pourrait bien qu'après un examen plus approfondi, l'observateur se fût tourné, légèrement déçu, vers d'autres figures, car dans ce regard clair et bienveillant on voyait briller cette sorte de gaieté presque aussi figée qu'un masque et qui ne convient qu'à une existence préservée et à l'abri des orages. Dans son comportement, son sourire et toute sa personne, ce charmant jeune monsieur laissait voir un léger soupçon de cette faiblesse, agréable lorsqu'elle est peu marquée, qui apparaît tout à coup dans les vieilles familles, chez les fils d'hommes au caractère dur comme l'acier et qui dès lors s'insinue dans leur race comme le ver dans le fruit. C'est ainsi que ce Gérard-là semblait mieux fait pour jouir de la renommée et des biens de sa très honorable famille par la pratique d'un insouciant art de vivre que pour ajouter de nouveaux moellons à la solide bâtisse d'autrefois. Il est vrai qu'une communauté depuis si longtemps florissante a aussi besoin de tels hommes, car ce sont eux qui se font connaître au loin, qui sont considérés comme les heureux de ce monde et qui sont les porteurs de cette renommée dont la plus grande part revient en somme à leurs prédécesseurs demeurés obscurs après l'avoir édifiée.

Sur la grande table, des timbales, des fruits et du pain voisinaient avec des casquettes, des livres, des dessins, des cahiers et des fleurs. Très animée, la conversation avait pour sujet l'un des participants à cette réunion, l'architecte Niklas et sa dernière œuvre, celle qui avait précisément éveillé l'attention de toute la ville. Il faut dire que, malgré sa jeunesse, et bien qu'il ne fût pas natif de l'endroit, c'était à lui qu'on avait confié la construction du nouvel hôtel de ville, ce qui avait suscité la colère de nombreux jaloux. Depuis que la façade récemment dévoilée avait provoqué l'opinion publique, les querelles et les inimitiés entre bourgeois s'étaient rallumées. Car non seulement cette œuvre s'écartait résolument par son style de toutes les traditions conformes à l'usage local, mais encore le coût des travaux avait été presque deux fois plus élevé que le montant préalablement fixé. En outre, l'édifice paraissait à la plupart des gens beaucoup trop vaste et fastueux dans l'ensemble et le détail, car les dimensions de l'ancien hôtel de ville, construction à vrai dire extrêmement simple, n'atteignaient pas la moitié de celles du nouveau bâtiment. Le parti qui avait pesé en son temps sur les décisions du Conseil municipal et avait procuré au jeune inconnu cette importante commande était passé entre-temps à l'arrière-plan, de sorte que pour le nouveau Conseil et pour la moitié de la ville l'édifice presque achevé constituait un véritable scandale. On s'attendait à voir bientôt l'agitation populaire se durcir, serrer de près l'architecte et en venir finalement aux mains avec lui. Cependant tous ses amis étaient prêts à défendre sa juste cause et à lui accorder toute l'aide dont il aurait besoin. Quant à lui, il était le seul à rire de cette affaire et se sentait tranquille au point de considérer la querelle soulevée par son œuvre comme une rixe d'écoliers.

« L'hôtel de ville est magnifique, dit le jeune médecin Ugel et il est certain qu'il fera bientôt la joie de tout le monde. Mais cet énorme dépassement de crédit excite à bon droit la colère et le blâme. J'avoue ne pas comprendre un tel procédé de ta part. Il n'était pas possible de se faire des illusions ; tu es un bon calculateur et, au moment où tu as accepté cette tâche, tu devais déjà savoir avec exactitude que la somme que tu avais arrêtée était beaucoup trop modeste. Il s'agit donc — pardonne-moi l'expression ! — d'une sorte d'imposture que tu t'es permise à l'encontre du Conseil et de la ville. J'aimerais bien savoir si tu te justifieras publiquement et comment tu t'y prendras. En attendant, je ne puis en conscience te pardonner cette malhonnêteté. »

Toute l'assistance demeurait silencieuse, chacun prêtait l'oreille et scrutait anxieusement le visage de l'architecte. L'honnête Ugel avait dit tout haut ce que la plupart des invités pensaient au fond d'eux-mêmes. Depuis plusieurs semaines déjà, le soupçon non exprimé d'une déloyauté commise troublait leur amitié pour l'artiste qu'ils admiraient.

L'ombre d'un nuage assombrit le jardin pendant quelques secondes. Niklas regardait pensivement en l'air. Son visage était pâle et avait pris une expression sérieuse ; le réseau des veines était visible sous la peau transparente de ses tempes et les fines commissures de ses lèvres s'étaient durcies et légèrement tendues.

Il passa en revue tout le cercle de ses interlocuteurs, les regarda attentivement, l'un après l'autre dans les yeux, puis il se leva ; c'était un homme d'une belle et forte stature. D'un geste à la fois aimable et catégorique, il fit régner le silence et déclara :

« La seule chose, Ugel, qui m'oblige à parler et qui me déterminera peut-être à me justifier publiquement, c'est ton reproche. Tu m'accuses d'avoir trompé la ville pour une affaire de quelques centaines de milliers de thalers. Je ne pensais pas qu'un jour je devrais me défendre d'une telle accusation devant vous. Mais je vois bien que cela est devenu nécessaire. Eh bien, sachez-le : le total peu élevé qui figurait sur mon compte initial était faux, et volontairement faux. Vous rappelez-vous les circonstances du moment ? Il dépendait de deux ou trois voix au Conseil que mon projet devînt réalité. Aucun de vous ne peut douter que, si j'avais alors exigé la totalité de la somme, mes plans eussent été repoussés. Par amour pour ma construction, j'ai donc risqué cette imposture.

« Suivez-moi bien ! Vous êtes en train de réfléchir aux causes de ce calcul audacieux. Les voici. Je veux vous laisser regarder dans mon cœur comme à travers des fenêtres bien propres et vous dévoiler les mobiles les plus secrets de mon existence.

« Vous me croirez tous si je vous certifie sur mon

honneur que cette affaire ne m'a procuré et ne me procurera jamais aucun avantage financier. Je n'ai pas d'estime pour l'argent et j'en use toujours exactement en fonction de la somme, forte ou faible, dont je dispose. Que j'aie été entièrement dépourvu d'ambition artistique, vous ne le croirez pas et je ne puis moi-même en jurer. Néanmoins, je n'aurais pas mis mon honneur en jeu pour satisfaire à ma vanité personnelle. »

Niklas respira profondément. Son regard scrutateur et étincelant parcourut le cercle de ses auditeurs, pendant qu'intérieurement, il se mesurait avec les images et les mots, car il n'avait pas l'habitude de parler en public. Il reprit bientôt la parole en toute liberté, d'une voix forte et joyeuse :

« Mes amis ! A vrai dire, il me suffit de jeter un coup d'œil à la ronde pour me sentir justifié. Une jeunesse fondamentalement saine, impatiente de vivre et pleine d'espoir se trouve rassemblée ici. Nous avons le sentiment qu'après de longues décennies d'une existence prosaïque et laborieuse, notre ville aspire aujourd'hui à son épanouissement et veut offrir au monde son rayonnement et sa générosité. Depuis quelque temps, tous les arts y sont en effervescence et se développent rapidement, guidés par un obscur instinct qui les pousse à s'unir et à exercer un nouveau pouvoir. Notre ville est riche, riche depuis bien longtemps, et elle commence enfin à prendre conscience de sa richesse. Et cette cité qui, à tous les égards, progresse aujourd'hui plus vite que jamais et qui aura bientôt doublé son prestige et son étendue, s'est trouvée dans l'obligation de construire un nouvel hôtel de ville. J'ai vu les gens âgés peser parcimonieusement les chiffres, les partis pousser en avant leurs favoris, les artisans et les pseudo-artistes marchander et se disputer âprement la grosse commande. Tous les intérêts étaient mobilisés : ceux de l'argent, de l'avarice, du parti, de la course au gagne-pain, bref tous, sauf ceux de l'art et de l'amour. Et j'ai vu notre ville, qui ne retrouvera pas avant un siècle l'occasion de se doter d'un pareil monument, être sur le point de commettre un péché impardonnable. Aussitôt que je m'en fus rendu compte, je devins le plus ardent candidat à la construction de ce grand édifice. Il est actuellement presque terminé. La ville y perd quelques sacs d'argent dont elle se consolera avant la fin de l'année. Ce qu'elle gagne à cette entreprise, ce n'est pas seulement, si j'ose dire, un beau monument, mais, chose plus importante à mes yeux, l'expression visible de l'ascendant considérable qu'elle exerce, et en même temps, une réalisation qui se présente comme le joyeux défi d'une jeunesse pleine d'espoir et de vaillance devant la vie. Mon édifice n'est au fond rien d'autre qu'un symbole de notre temps, de notre amitié juvénile animée par de grandes espérances, un don que nous autres jeunes avons tiré de notre esprit et offert à cette ville. Il est possible que de nombreuses erreurs se soient glissées dans ce travail mais, dans l'ensemble, notre édifice est un ouvrage qui ne pouvait être exécuté qu'aujourd'hui et seulement par nous autres, les jeunes. Pour autant que je sache, les bons vieux modèles n'ont encore jamais été utilisés et transposés d'une manière aussi libre, aussi personnelle et aussi indépendante. Un autre que moi aurait pu faire la même chose, mais uniquement l'un d'entre nous, uniquement un fils de notre époque et de sa mentalité.

« Il faut à présent considérer la chose sous un autre angle. Mon œuvre ou notre œuvre doit être un commencement, non une fin. De même qu'en tant qu'architecte j'ai cherché à remodeler l'ancienne tradition et à lui insuffler une vie nouvelle, de même devons-nous tous, chacun dans son domaine, essayer d'agir sur notre temps et sur notre milieu en vue de les rajeunir, de les illustrer et de créer quelque chose de nouveau ; nous voulons en outre, dans la mesure de nos forces, aider à l'épanouissement d'une nouvelle culture, plus noble et plus raffinée que la nôtre et travailler à l'ennoblissement de la vie. Nous voulons bâtir, écrire, enseigner, peindre, mais avant tout nous voulons exister et vivre non pas sans but et au gré des circonstances, mais au service d'une vie productive qui devrait être plus libre, plus heureuse et plus pure que celle que nous avons menée jusqu'ici. Après cela, vous êtes libres de m'approuver ou de me condamner ; il était temps, pour moi, de vous confesser mes idées et de vous révéler la nature de ma foi. »

Les paroles de Niklas se gravèrent dans le cœur de ses jeunes amis comme la définition enfin trouvée d'une chose connue de tous, ainsi que cela se produit aux époques troublées et riches de promesses lorsque, pour une raison fortuite, la masse brumeuse des idées se condense en une parole prononcée occasionnellement et qu'autour de cette expression se rassemble et se fixe la conscience des jeunes qui incarnent les forces du renouveau. Ils saisirent tout à coup les causes de cette bienveillante supériorité qu'ils avaient les uns et les autres sentie de tout temps chez ce camarade du même âge que le leur. Ce robuste, mais silencieux artiste avait, pendant des années, travaillé consciemment et sans répit à un monument élevé en hommage à cette force qui les habitait tous obscurément, qu'ils ne comprenaient pas tout à fait et qui battait des ailes en essayant de prendre son essor.

Le médecin Ugel fut le premier à tendre la main à l'architecte qui s'était modestement assis et attendait en silence qu'on lui répondît. Ugel lui serra la main, lui présenta des excuses et, se tournant vers les autres :

« Je pense bien faire en remerciant en notre nom à tous notre ami pour les paroles qu'il vient de prononcer et en lui promettant de le soutenir de toutes nos forces dans ses difficultés. Je sais de source sûre qu'au Conseil la tendance des mécontents prédomine ; ils insistent sur la nécessité de contraindre l'architecte de l'hôtel de ville à s'expliquer publiquement sur des comptes établis avec une pareille légèreté, à ce qu'ils disent, et, en dernier ressort, ils décideraient de ne pas lui décerner le prix d'honneur qui lui avait été promis. Dans ces conditions, Niklas ne perdrait pas seulement quelques milliers de florins, mais il serait frustré d'une gloire bien méritée et de la plus grande part de la joie que lui a procurée son travail. Nous ferons volontiers et sans égard à nos intérêts personnels tout ce que nous pourrons pour que ce péché ne soit pas commis. »

Tous se levèrent avec animation en témoignant leur approbation à haute voix. Un soudain revirement fit succéder à la tension des esprits une bruyante atmosphère de fête, un besoin de gaieté, de chansons et de mouvement. Gérard tenta vainement et à plusieurs reprises de prendre la parole. Quelques amis moins expansifs, dont Ugel, se retirèrent à l'écart dans les allées du jardin où ils continuèrent à discuter sérieusement l'affaire Niklas. Quant à Niklas lui-même, il avait subitement disparu. Sans que personne ne le remarquât, il avait quitté le jardin et la maison. Dans la rue, il croisa des familles et des bandes de citadins qui se rendaient, à l'approche du soir, dans leurs jardins en dehors de ville ou qui allaient se promener sur les chemins qui menaient aux lieux de divertissement et aux places de jeu situés au bas du vallon. Dans les rues de la ville aussi retentissaient déjà les rumeurs du soir ; on entendait jouer de la « zither » et chanter dans les ruelles des quartiers pauvres. Des jeunes filles déambulaient, bras dessus, bras dessous en larges rangées mouvantes et remplissaient de leurs rires les petites rues et les cours où elles répandaient une animation passagère. Installés aux fenêtres ouvertes des rez-de-chaussée, les pères et les grands-pères conversaient tranquillement et se délassaient des travaux de la journée, ou bien allaient s'asseoir avec leurs femmes sur ces bancs assez bas qui se trouvent devant les maisons. Niklas traversa lentement la ville jusqu'à la grande place, peu fréquentée après la fin du marché et qu'entouraient en majeure partie des édifices publics ou de grands magasins. Au milieu de ces bâtiments, en bordure de la place, l'hôtel de ville dominait cet ensemble de sa large et orgueilleuse tour qui le faisait ressembler à un *burg*. Niklas s'arrêta à l'angle de la place et contempla l'édifice dont il avait imaginé la construction, la structure et l'ornementation durant les journées et les nuits les plus passionnantes et les plus fécondes de son existence. Cette pesante masse de pierre qui obéissait à une idée se dressait dans toute sa noblesse et lui apparaissait, dans la splendeur et la pureté du soir, comme l'image de sa jeunesse et de son premier enthousiasme. L'architecte avait le sentiment qu'à travers cette œuvre son existence s'était élevée et avait accédé à l'immortalité. Il éprouvait aussi le doute bien connu de tout véritable artiste : lui serait-il accordé de faire une fois encore quelque chose de semblable ? La joie, l'espérance, l'enthousiasme, la réflexion et la pénétrante autocritique pourraient-ils une fois encore dans sa vie s'équilibrer d'une manière si heureuse et si profitable ? Il ressentait aussi la présence de cette solitude qui environne malgré lui tout créateur.

Niklas n'était pas un songe-creux. Même à ce moment-là, le trouble passager que lui causait son humeur mélancolique se dissipa rapidement grâce à la souplesse de son caractère. Il jeta une fois encore un regard de satisfaction sur le bâtiment, se félicita de l'effet des couleurs délicates qui relevaient la toiture de la tour achevée depuis peu et, les mains au dos, poursuivit sa flânerie. Il parcourut tout à loisir les petites rues de la vieille ville, passa le pont qui enjambe la rivière puis, empruntant les larges artères d'un faubourg nouvellement bâti, il atteignit bientôt la rase campagne. Au milieu d'une propriété bien entretenue se trouvait une ferme dans l'écurie de laquelle Niklas avait toujours un cheval à sa disposition. Il fit sortir le vigoureux animal, le sella lui-même et partit au trot dans la direction des collines où il comptait prendre son repas du soir dans la cour de quelque auberge rustique et où il danserait peut-être une joyeuse tyrolienne.

Les amis qui étaient restés dans le jardin de Gérard avaient entre-temps remarqué la disparition de leur camarade et abondamment plaisanté sur ce thème. Puis une conversation sérieuse s'engagea au sujet de l'absent. Gérard se montra le plus empressé à parler ; sa vivacité d'esprit faisait écho aux paroles de l'architecte et les développait en de brillantes variations. Chez lui, toute pensée neuve se rattachait aussitôt à son idéal d'une vie faite de charme et d'éclat. Avec une joie anticipée, il se voyait déjà au cœur d'une époque brillante qui approchait de sa maturité et où il occuperait une position digne d'envie à laquelle ne manqueraient ni le pouvoir effectif indispensable qu'il avait hérité de sa ville et de sa famille, ni les solennités de la gloire artistique que lui réservait le cercle de la nouvelle association de jeunes. Prudemment, mais avec conviction, il glissa fortuitement dans la conversation l'idée d'une société plus solidement constituée et résolut néanmoins, avant de faire une proposition décisive, de discuter cet important projet avec Niklas dont il chanta les louanges en buvant joyeusement à sa santé.

Les deux seules personnes qui devinèrent l'état d'esprit et les intentions de Gérard et en firent le sujet de leurs réflexions étaient le médecin Ugel et l'ami qui avait pris place à côté de lui, un homme jeune et mince, à l'expression intelligente. Il s'appelait Veit ; c'était un écrivain et un lettré plein de réserve et, sans qu'il fût très influent, ses amis recouraient souvent à lui comme à une source de renseignements en matière d'érudition. Derrière le masque un peu sec de son visage, sous des apparences quelque peu sauvages et sa crainte de parler en public, se dissimulait une âme insatiable et virile, en proie aux tourments de la solitude et de la nostalgie, ce qu'en dehors d'Ugel, très peu de personnes avaient deviné. Ce jour-là, il se mit à parler d'abondance, ce qui était rare, et ses amis l'écoutèrent avec plaisir. Prenant implicitement position contre les plans échafaudés par Gérard, il se référa de manière précise et claire à l'histoire mondiale pour brosser un tableau caractéristique de ces périodes durant lesquelles de grandes concentrations de forces et de richesses avaient pris tout à coup une vie nouvelle et provoqué une transformation au niveau des êtres humains, des villes et des communautés. Pendant ces périodes, les fils semblaient séparés de leurs pères par de plus larges fossés que jadis, et la prolifération démesurée des talents était en rapport avec le caractère favorable des circonstances. Il contesta de toute la force de sa conviction intime l'opinion selon laquelle des communautés intellectuelles qui favorisent le progrès et qui font du bon travail auraient besoin d'autres liens que ceux de l'amour et d'une croyance commune.

Gérard lui répondit sur un ton amical mais légèrement ironique. Contre l'idéaliste, il joua l'homme pratique qui connaît la vie et, grâce à son éloquence et à son esprit, il fut applaudi de la plupart de ses auditeurs. Alors Veit inclina sa maigre personne en arrière et regarda Gérard fixement dans les yeux : « Nous discutons là, dit-il lentement et avec netteté, de questions importantes dans lesquelles ne doivent pas intervenir des intérêts et des projets d'ordre privé. Or, tu n'en es pas exempt, toi, Gérard. Tu es riche, tu appartiens à une famille puissante et, tôt ou tard, tu devras nécessairement consacrer tous tes efforts à l'action politique et aspirer à la direction d'un parti. Tu ne peux pas le nier ! C'est pourquoi une association d'hommes de valeur fondée et animée par toi constituerait à tes yeux une sorte d'arrière-plan du pouvoir et de l'influence. D'ailleurs il est frappant que tu sois le premier aujourd'hui à vouloir donner ce sens pratique et utile à la conception que Niklas se faisait de notre amitié et qu'il a formulée dans son exposé. Je te mets en garde, car c'est un pas dangereux que tu médites de franchir. »

Bien des visages devinrent plus graves, cependant personne ne s'étonna que Veit se fût montré si sévère car on le connaissait bien : une fois engagé dans le débat, il jugeait objectivement des hommes et des choses, sans nul ménagement et d'après une échelle de valeurs qui lui faisait ignorer la vie quotidienne dont il ne pouvait ou ne voulait rien savoir. On disait toutefois que le sentiment de la responsabilité morale était si développé chez lui qu'il n'osait pas publier la plupart de ses meilleurs travaux, car il craignait que l'on se méprît sur sa façon tranchante de juger et il ne voulait pas que des personnes incompétentes fissent un mauvais usage de ses jugements.

Gérard se justifia point par point. Il pensait ne pas avoir à craindre cet être sans grande réputation et qui ne faisait guère de bruit ; cependant, il avait souvent recours à lui et désirait vivement conserver son amitié. Gérard était suffisamment avancé dans l'art de vivre pour sentir la valeur et même la supériorité des intellectuels, bien qu'il éprouvât à leur égard une certaine commisération et il avait de bons motifs pour redouter des discussions par trop approfondies avec

Veit. Par un insensible détour, il amena la conversation sur d'autres sujets et, peu de temps après, il prit congé de ses hôtes de la façon la plus enjouée et la plus aimable. Tous ceux qui étaient là reçurent en guise de petit cadeau en encouragement, une plaisanterie de circonstance ou un compliment bien tourné et souvent l'orage d'une violente altercation s'était dissipé au dernier moment grâce à l'art subtil avec lequel le jeune homme savait réconcilier les adversaires et leur donner raison, sans que cela l'engageât à rien.

Alors il demeura seul dans le jardin. Le soir tombait, et, dans l'air à peine rafraîchi, on entendait à tout moment le doux appel des merles. Les légers nuages moutonnés qui voguaient lentement dans le ciel transformèrent leur lumineuse teinte rose en un jaune assourdi qui pâlissait de plus en plus ; les plates-bandes et les buissons encore éclairés plongeaient peu à peu dans le crépuscule qui baignait toute chose. Au ciel d'un bleu légèrement vert, parut à l'orient la première étoile. Et tandis que les lumières et les couleurs s'éteignaient, les parfums et les chants d'oiseaux s'éveillaient à une vie plus intense. L'odeur du jasmin et du lilas se répandait au loin en de paresseux et lourds effluves par-dessus les plates-bandes et les murs, jusque dans les rues qui devenaient silencieuses. Dans l'enceinte du jardin et sous les feuillages épais, on savourait ce pur et suave instant où l'éclat du jour s'efface insensiblement et dont les habitants des villes ne soupçonnent généralement rien.

On entendit résonner un pas d'homme qui venait de la maison et qui s'approchait pesamment, lentement, par les détours d'une large avenue. Gérard se leva et alla d'un pas rapide à la rencontre de son père. Le vieillard prit le bras de son fils et se laissa conduire jusqu'au pavillon dont le côté sud était ouvert et où l'on trouvait, le soir, un abri contre le vent qui fraîchissait sans qu'on s'en aperçût. Là, il s'assit sur un large banc comme on les faisait autrefois et attira son fils auprès de lui.

« Parle-moi un peu de tes amis, lui dit-il avec bienveillance. Tu en as tellement, j'en suis heureux pour toi. Il n'empêche que je suis étonné de voir parmi eux un si grand nombre d'inconnus, tant d'artistes et d'écrivains. J'apprécie ces gens-là bien que, d'après toi, je ne les place pas assez haut dans mon estime. Mais ce sont des nomades qui peuvent disparaître d'un instant à l'autre et tu ne peux pourtant pas te faire chaque jour ou chaque année de nouveaux amis.

— Peut-être que oui, tout de même, dit poliment Gérard. Vois-tu, père, ce qui me lie d'amitié avec ces artistes, c'est moins la personnalité de chacun d'eux en particulier qu'une certaine conception de la vie et des choses de l'esprit qui a toujours été dans la nature de ces gens-là. Parmi eux se distinguent quelques hommes supérieurs dont l'amitié est maintenant déjà un profit pour moi et qui, plus tard, sera utile à ma réputation. Si je réussis à fixer ici l'un ou l'autre d'entre eux, ce ne sera pas le plus mauvais service que j'aurai rendu à notre ville.

— Soit, admit le vieil homme, je ne me proposais pas d'aborder ce sujet avec toi. Je sais que tes désirs et tes intentions sont autres que ne furent les miens ; je ne m'en réjouis pas, mais je le comprends et ne puis rien y changer. Tu n'as pas la ténacité, la dureté, la patience de tes prédécesseurs ; tu possèdes en revanche une mobilité d'esprit et une nature pleine de séductions et de ressources qui peuvent te servir dans tes rapports avec les hommes. Tu suivras donc des voies différentes de celles que j'ai moi-même suivies. Mais en voilà assez sur ce point. Je voulais causer un moment avec toi avant que nous allions dîner. Qui étaient les amis que tu as reçus aujourd'hui ? De quoi avez-vous parlé ? Lequel est ton préféré ? Il y a une heure, j'ai aperçu l'un d'entre eux, le célèbre Niklas, qui traversait la maison pour s'en aller. En quels termes êtes-vous l'un avec l'autre ?

— Pour le moment, je lui témoigne plus d'estime qu'il n'en éprouve à mon égard. Cependant, j'espère pouvoir lui rendre service dans un proche avenir, au cas où il serait réellement obligé de s'expliquer en public sur sa manière d'évaluer les frais de construction. Il est sans aucun doute le plus remarquable de mes amis.

— De quelle façon penses-tu le soutenir ?

— Je ferai agir en sa faveur le peu d'influence que je puis avoir sur l'opinion publique et, si c'était nécessaire, je pense également lui garantir la somme correspondant au prix d'honneur qui va peut-être lui échapper.

— Accepterait-il un tel procédé ?

— Pas de ma part. Il faudrait que j'invente un moyen subtil de lui faire cette offre.

— Que d'ingéniosité pour dilapider son argent ! Ne compte pas sur mon soutien dans cette affaire.

— Je n'y pensais nullement ; la somme est insignifiante. Mais je crois que tu sous-estimes Niklas. Une chose est sûre, c'est que notre ville se couvre de ridicule en souffrant qu'il soit injustement traité. Et, à part cela, je crains qu'on ne l'appelle bientôt ailleurs pour lui confier des travaux plus importants. Au moment où notre ville est en pleine croissance, il serait désolant qu'elle perdît son meilleur architecte.

— Néanmoins, il ne sait pas calculer, à ce qu'il paraît.

— Pour le moment, c'est encore un point délicat. Après tout, la bagatelle que représente cette somme d'argent ne devrait pas prendre une importance aussi démesurée.

— Je t'arrête ici, mon cher, interrompit le père.

Une bagatelle, dis-tu ? Il s'agit de centaines de mille. Il m'est pénible de devoir constater une fois de plus ton mépris exagéré de l'argent, car rien ne me causerait plus d'amertume que d'avoir pour fils un dissipateur. Tu peux me traiter d'épicier, mais des expériences variées m'ont appris que la richesse sans l'économie n'est qu'une bulle de savon. Il n'existe pas de fortune, si fabuleux qu'en soit le chiffre, qu'on ne puisse totalement épuiser en quelques années avec un peu de légèreté. Le bien commun des citoyens doit être géré de façon encore beaucoup plus scrupuleuse et sévère que toute espèce de bien privé. Les plus dangereux agents destructeurs des finances publiques sont le luxe et la spéculation irréfléchie. Ces deux causes de tous les maux, je les retrouve dans cette malheureuse affaire de fonds dilapidés pour la contruction de l'hôtel de ville. Pour prendre ses décisions, le Conseil n'a pas besoin de tourelles ni de cours ornées de magnifiques escaliers, ni de salle des pas perdus à double rangée de colonnes. Votre façon de compter avec ce que vous appelez la croissance de la ville, c'est de la spéculation pure. Certes, la ville se développe, mais à son détriment. Qui vient vivre chez nous ? Pour qui avons-nous besoin de nouvelles maisons et de nouvelles rues ? Pour des étrangers, des immigrés, de pauvres hères, bref, des gens qui ne viennent pas dépenser de l'argent chez nous mais qui veulent en gagner. Vous faites erreur quand vous croyez que la richesse et le bonheur d'une ville augmentent en proportion de son étendue.

— Cela me fait de la peine, dit Gérard, de voir que nous sommes encore une fois en désaccord sur ce thème bien connu. Je te donne raison sur beaucoup de points, mais pas sur l'essentiel. En admettant qu'une ville ne s'enrichisse pas du seul fait des nouveaux arrivants et de sa propre extension, elle y gagne tout de même en considération et en influence sur le monde extérieur, donc en crédit et en capacité de tenir sa place dans la compétition générale. En outre, le commerce se développe et la main-d'œuvre est moins chère...

— Théories que tout cela ! s'exclama le vieux monsieur en souriant avec amertume. Nous ne pouvons tout simplement pas nous comprendre ni nous convaincre l'un l'autre. Prochainement, lorsqu'il me faudra te remettre toutes mes affaires, tu pourras tenter de mettre à exécution tes projets spéculatifs. Peut-être le temps viendra-t-il où tu me seras reconnaissant d'avoir rendu inaliénable une part importante de nos biens. »

S'étant levé, il regagna lentement la maison au bras de Gérard. Chez cet homme de fer, la seule faiblesse était peut-être l'affectueuse indulgence qu'il témoignait à un fils d'un autre tempérament que le sien. Gérard était le seul enfant qui lui restât d'une épouse bien-aimée, depuis que deux fils aînés avaient péri le même jour en mer, et bien que son père désapprouvât sa manière de vivre et de penser, il avait su conserver intacte la tendresse paternelle grâce à l'aimable souplesse de son caractère.

Le vieillard était toujours l'homme le plus puissant de la ville, quoiqu'il eût abandonné depuis des années son siège au Conseil et qu'il eût renoncé à toute activité politique. Il avait non seulement influencé pendant des décennies la politique locale et dominé le Grand Conseil comme une sorte de prince, mais il continuait, par ses importantes affaires financières, à avoir la haute main sur la moitié de la ville. Pour son fils, c'était là un héritage considérable mais à double tranchant, car à côté des grands espoirs que l'on fondait sur lui, il héritait d'un imposant capital de sentiments hostiles, longuement accumulés par un parti maintenu dans la sujétion ainsi que par un grand nombre de familles et d'individus isolés.

Ainsi l'avenir se présentait à Gérard comme un ciel chargé de lourds nuages qui pouvait aussi bien dissimuler dans ses profondeurs étouffantes les richesses de la fécondité que les menaces de l'orage. Quant à lui, il avait l'impression de marcher joyeusement sur une route ascendante et ne voyait dans l'assombrissement du ciel que l'effet passager des nuages d'été qui s'éloignent rapidement et dont la troupe doit céder la place à la splendeur victorieuse et mûrissante de midi. Plutôt que de la légèreté et de l'ignorance, c'était, chez lui, une confiance innée et ferme dans sa propre capacité d'adaptation et de persuasion. A cela s'ajoutait ce qu'il y avait de meilleur en lui : la mobilité d'un esprit tout pénétré d'espoir, impatient de mettre ses forces à l'épreuve et la joie de vivre qui caractérise une jeunesse heureuse et insouciante.

Une chaude matinée brillait sur la ville pleine d'animation. A l'hôtel de ville, les différents corps de métier travaillaient tous ensemble avec diligence ; on maniait le ciseau, on charpentait des poutres, on soulevait des nuages de poussière. Les peintres étaient installés sur de larges échafaudages dressés contre les murs du côté de la cour. Sur la façade peinte en rouge se détachaient gaîment, ici et là, les contours fraîchement tracés de quelque figure, des armoiries aux couleurs vives, un motif de décoration bleu et jaune d'or. Veit se tenait auprès de l'un des peintres et lui parlait avec beaucoup d'animation. En tant que spécialiste en histoire de l'art, il s'était chargé de vérifier dans les peintures l'exactitude des costumes et de l'ornementation héraldique ; il outrepassait même les limites de sa fonction en se donnant toutes les peines du monde pour maintenir les artistes en pleine forme et veiller à ce que nulle part le travail personnel et vivant ne fût gâté ou supplanté par une pratique purement artisanale et routinière. Dès qu'un artiste faisait valoir sa propre conception et s'obstinait à l'imposer, il s'en réjouissait et persévérait à dessein dans une opposition qui se révélait toujours stimulante. En revanche, s'il arrivait que, par fatigue, l'un de ces artisans se contentât de poursuivre machinalement sa besogne et recourût à un vulgaire remplissage, alors le flot de ses critiques, de ses sarcasmes et même de ses grossièretés était intarissable. C'était là sa manière d'activer des travaux dont il ne retirait pas la moindre gloire et de collaborer en toute conscience à l'impeccable achèvement de l'œuvre de Niklas. Sans que personne en sût rien, il avait parfois, dans le silence du cabinet de travail, biffé d'un léger coup de crayon et marqué d'un trait plus incisif et plus accentué sur les dessins mêmes de Niklas le profil d'une corniche, d'un linteau de porte, d'une pierre d'angle ou d'une cage d'escalier. Niklas lui en était reconnaissant et tenait en haute estime cet homme effacé, qui était en même temps un collaborateur discret.

L'amitié qui liait ces deux êtres était d'une nuance particulière. De son point de vue d'homme en pleine santé et dont la force vitale s'affirmait naïvement, Niklas avait pitié de ce camarade fluet, à la poitrine étroite, dont l'existence silencieusement vouée aux livres et à la réflexion lui paraissait quelque chose d'étrange, d'incompréhensible et de presque méprisable. Mais dès qu'il avait besoin d'un jugement sûr, ou s'il était préoccupé par une question vitale, il recourait à Veit et, à chaque fois, il s'étonnait de sa compréhension et de la profondeur de ses vues.

A vrai dire, leurs relations étaient toutes naturelles. Veit s'était imposé un dur entraînement pour maîtriser sa faiblesse physique et pour mettre sa vie au service du bien et des réalités spirituelles. C'est pourquoi il avait appris à différencier d'un regard aigu l'authentique du fabriqué dans le domaine de l'histoire, de l'art et de la philosophie et s'était ainsi donné pour idéal une existence humaine de haute valeur, dont la réalisation demeurait pour lui à l'état de nostalgie sans espoir. La force physique, le tempérament jovial, la spontanéité qui lui faisaient défaut, il les trouvait en surabondance chez Niklas, auquel il était, en revanche, spirituellement supérieur. C'est pourquoi il témoignait à l'architecte une amitié mêlée d'une sincère admiration et il était heureux de voir cette nature énergique produire les résultats qu'il avait lui-même obtenus d'une tout autre manière, et dont la saveur n'était pas pour lui sans mélange.

Veit quitta l'échafaudage pour essayer d'avoir un entretien avec Niklas encore avant midi. Tandis qu'il traversait les pièces toutes bourdonnantes du bruit des ouvriers, il se plut à observer l'intense activité déployée de toute part dans l'enceinte du bâtiment. On posait les lattes et les carreaux des planchers ; des menuisiers, des vitriers, des sculpteurs sur bois prenaient des mesures ; des badigeonneurs et des couvreurs montaient et descendaient sur des échelles et, dans ce va-et-vient, de jeunes apprentis s'affairaient ici et là, portant des auges, maniant des outils ou des balais. Toute cette activité donnait l'impression d'un travail bien ordonné et qui avançait allégrement.

Une chambre d'un étage supérieur et qui n'était pas encore blanchie servait à Niklas de cabinet de travail improvisé. Sur de longues tables de dessinateur s'amoncelaient des rouleaux, des modèles, des cahiers, des factures, des crayons, des livres, des compas et tout le petit matériel nécessaire à la profession. Entouré d'esquisses au fusain, d'échantillons de couleurs et de barèmes, Niklas dessinait à grands traits de fusain le projet d'une cheminée d'apparat pour la salle du Grand Conseil et était à chaque instant interrompu dans son travail par des artisans qui faisaient irruption chez lui avec des plans, des propositions, des échantillons de matériau, des factures et toutes sortes de demandes.

Il poussa un tabouret poussiéreux vers son ami et poursuivit ses tractations avec un maître menuisier au sujet du profil d'une corniche dont on lui présentait différents projets.

« Ce que je vous soumets là, vantait le menuisier, ce sont les meilleurs modèles et les plus demandés.

— Fort bien, mon cher, mais pour moi ils ne valent rien du tout. Je vois que nous devrons faire cela nous-mêmes. Attends une minute ! »

D'un large trait de fusain il dessina sur la feuille une coupe transversale.

« Voilà qui est mieux ! Tu choisiras ce profil. Et surtout, n'utilise que du chêne foncé. Je garde ici l'échantillon. Il nous faut la pièce dans huit jours au plus tard.

— Dans huit jours ? Mais c'est quasiment impossible, M. Niklas.

— Ta ta ! Qu'est-ce que tu me chantes là ? Dans huit jours à partir d'aujourd'hui — sinon je ferai ces quelques planches moi-même. »

Il serra la main de l'homme en le poussant dehors d'un geste amical, écrivit une note sur une feuille de papier fixée au mur et une deuxième note sur le petit morceau de chêne et salua enfin son ami qui avait entre-temps examiné le projet de cheminée.

« Laisse donc ! lui dit-il. Ce machin ne vaut rien. C'est beaucoup trop maigre. Je finirai bien par trouver la solution. J'avais déjà fait une bonne esquisse, mais la chose ne doit pas coûter trop cher... Qu'est-ce qui t'amène ici ?

— Peux-tu me consacrer un quart d'heure ?

— Si tu veux. Il est presque midi : viens-tu déjeuner avec moi ?

— Volontiers. J'ai toutes sortes de choses à te dire. »

Niklas secoua la poussière de ses vêtements, se lava les mains et prit son chapeau. Puis il ferma la chambre à clé, descendit le bel escalier en compagnie de Veit et sortit avec lui.

De l'autre côté du vieux pont, sur la rive escarpée qui domine la rivière se trouvait une auberge d'ancienne réputation dans le jardin de laquelle Niklas avait l'habitude de prendre ses repas. C'est là qu'il entra avec Veit et qu'il fit dresser le couvert sous un grand marronnier. Pendant le déjeuner, Veit lui raconta les conversations de la veille au soir.

« Gérard a pour seul but, conclut-il, de transformer nos libres rapports d'amitié en une association permanente et autonome. Il essaiera prochainement de te gagner à sa cause, toi aussi, et il est probable qu'il présentera son plan sous les appellations les plus flatteuses et les plus délicates. Il te prouvera que cette société sera un moyen de promouvoir l'art véritable. Il te démontrera les avantages qui doivent en résulter pour chacun de nous. Dans tous les cas, il fera passer l'accessoire pour l'essentiel et n'épargnera pas les belles paroles. En réalité, il ne vise à rien d'autre qu'à se créer une imposante arrière-garde et une coterie capables de stimuler son ambition de tous côtés. Pour lui, nous devons former la base d'un parti communal à la tête duquel il jouera le rôle de chef et de roitelet. Je pense qu'une pareille chose n'est pas digne de moi ni de vous tous ; en outre, l'avantage que l'art ou la science pourraient en retirer est douteux et insignifiant. »

Niklas déposa sur son assiette un os consciencieusement rongé, but une gorgée de vin et posa sur Veit un regard peu compréhensif.

« Est-ce tout ? finit-il par dire en riant.

— Il me semble que c'est important », déclara Veit avec sérieux. Niklas secoua la tête.

« Je me demande ce qui ne te paraît pas important ! A chaque pas, tu te poses la question : que va-t-il en résulter pour l'histoire mondiale ? Mais, pardieu, l'histoire mondiale, ou disons plutôt la vie, poursuit sa route sans se soucier de nos enfantillages. Ce dont tel d'entre nous est capable ou n'est pas capable, il devra finalement le prouver avec ou sans association. Si Gérard a l'étoffe d'un chef, il peut bien s'occuper d'organisation. Pour ce qui est de la diplomatie et de l'art de vivre, il nous est supérieur, il s'appuie sur un grand nom et une fortune considérable, alors laisse-le donc chercher sa voie dans l'existence ! Ce qui me plaît surtout chez lui, c'est son goût de la grandeur et son espoir de jouer plus tard un rôle brillant. Si un homme tel que lui parvient au sommet de la société, il y aura ici plus de travail que jamais pour les architectes, les dessinateurs, les peintres et les musiciens. Que pourrions-nous avoir là contre ?

— Et notre liberté individuelle ? s'écria Veit avec véhémence.

— Que vient-elle faire ici ? En général, celui qui la possède en reste le maître et saura bien la conserver. Quant à celui qui, par nature, est une canaille, Gérard n'aura plus rien à corrompre chez lui. Avec son argent, dis-tu ? Et dans quelle intention ? Ce que nous faisons de bien, il ne peut pas nous le payer trop cher. Nous serons toujours quittes envers lui, pour peu que nous soyons bons à quelque chose. Une fois de plus, tu prends toute cette affaire beaucoup trop au sérieux et tu te trompes sur le compte de Gérard. Il n'est ni aussi bon ni aussi mauvais que tu le crois. Ce que tu dénommes intérêt personnel est chez lui ambition et noble passion. Ce que tu soupçonnes chez lui de profondément prémédité n'est peut-être rien d'autre que caprice. Je crois connaître Gérard à fond. Son principal talent consiste à savoir bien s'habiller. Cet art n'a rien de méprisable ; Gérard veut donner à sa vie un certain rythme entraînant, y apporter un maximum de plaisir et il dispose non seulement du pouvoir, mais aussi du goût nécessaire à une telle réalisation.

Il pourrait mener une existence harmonieuse qui en imposerait à chacun, si l'ambition ne le poussait à être davantage qu'un simple particulier et à lier sa vie aux destinées majeures de son pays. »

Veit fronça les sourcils.

« En un mot, c'est un égoïste, répliqua-t-il, et c'est pourquoi je ne l'aime pas.

— Tous les gens heureux sont des égoïstes, dit plaisamment Niklas ; tu peux le constater chez n'importe quel couple de fiancés. Si tu n'avais pas la noblesse d'âme d'un vrai classique, je dirais que tu es jaloux de lui et que c'est la raison pour laquelle tu ne l'aimes pas.

— Ce jugement tomberait à faux. Pour trancher la question, accepterais-tu, oui ou non, d'entrer dans la société fondée par Gérard ou d'encourager sa fondation ?

— Encourager, non. En quoi ce projet me concerne-t-il ? Mais en tout cas, j'entrerais dans sa société. Si vraiment elle doit être fondée un jour, nous n'avons pas le droit de laisser tomber Gérard mais nous devons au contraire mener l'entreprise à bien et y associer autant d'hommes capables que nous pourrons en trouver, de manière à empêcher la formation d'une majorité de bavards.

— Je te remercie. Il faut que je réfléchisse encore une fois à fond à tout cela, avant de prendre une décision. Suppose que l'association se constitue selon ton idée mais qu'aux yeux de Gérard elle fût trop indépendante et pas assez maniable, de sorte qu'il ne tarderait pas à en être dégoûté... C'est même probablement ce qui arrivera. Que ferons-nous alors ?

— Tu te fais trop de bile ! Eh bien, la société sera dissoute, faute de raison d'être. Quelle importance cela peut-il bien avoir ?

— Une minute, mon cher. Ce ne serait pas tout. Gérard, sans aucun doute, chercherait et trouverait vite autour de lui de quoi se constituer une autre coterie. Devons-nous alors nous séparer et lui laisser le champ libre ?

— Certainement. Montre-toi donc un peu pratique, pour une fois. Que pourrions-nous faire d'autre ? Toi et moi, ainsi que les plus capables de nos amis ne sommes que des étrangers, des voyageurs qui ne se trouvent pas réunis ici pour l'éternité ni même pour longtemps. A défaut du centre que constitue pour nous, dans cette ville où il est établi, un homme influent entouré de sa famille, nous ne pourrions subsister en tant qu'association. Si finalement Gérard ne veut pas de nous, c'est strictement son affaire et il y perdrait peut-être davantage que nous. Je crois que tu exagères le côté politique de son projet. Ce qu'il peut et ce qu'il compte obtenir de nous, c'est, plutôt que le pouvoir, l'éclat de la renommée. Il découvre autour de lui une vie intellectuelle et artistique pleine de promesses dont il saisit l'importance et dont il aimerait bien, par conséquent, partager la gloire. Nous ne pouvons qu'en tirer profit de part et d'autre, lui comme nous. Laissons-le faire et restons sur nos positions jusqu'au moment où il se présentera lui-même à nous avec des propositions fermes.

— Sur ce point, je suis d'accord avec toi. Il se pourrait, en fin de compte, que Gérard fût du nombre de ces gens qui agissent et font des histoires sans posséder un quelconque talent de créateurs, mais qui obéissent simplement à une force instinctive qui les pousse à réunir des êtres et à les attirer dans leur cercle. »

Niklas leva son gobelet.

« A ta santé, mon cher ! s'écria-t-il joyeusement, et cesse de te faire des soucis inutiles. La vie ne nous appartient que si nous demeurons fermes sur notre propre voie, sans nous mettre en peine de ce que font les autres. Et maintenant, au travail ! »

Il se leva brusquement, fit un petit signe d'adieu à la serveuse du café et, passant le pont en sens inverse, il regagna l'hôtel de ville. Veit le suivit des yeux tandis qu'il s'en allait d'un pas rapide et souple, quoique nonchalant, vers son travail, à la rencontre de la vie et de l'avenir, en homme qui croit à sa bonne étoile et qui a choisi de prendre le sentier le plus proche pour arriver au bonheur. Un vague sentiment de jalousie envahit l'âme de Veit ; cependant, c'est avec un secret plaisir qu'il suivait du regard cet être vigoureux, en plein épanouissement, dont l'allure dégageait cette force rayonnante qui émane d'une inaltérable et virile joie de vivre. C'était cependant avant tout à ses relations avec cette riche et chaleureuse nature que l'érudit écrivain devait la meilleure part de ses connaissances et de son plaisir de vivre. Niklas avait été la première personne dont la réputation et les travaux avaient éveillé chez lui la foi en un proche avenir dans lequel la vie retrouverait sa fraîcheur et son prix. C'est seulement depuis ce moment-là que ses études avaient pris un sens et lui avaient procuré une vraie joie, que ses paroles avaient exprimé une certaine ferveur, car il se sentait associé à la construction d'une vie nouvelle, en vertu d'une sainte insatisfaction et d'une conception du monde purifiée.

En tant qu'historien, il savait pertinemment qu'il n'y a pas de voie indéfiniment ascendante, que les fleurs doivent devenir des fruits et les fruits retourner en poussière, que les lois de l'équilibre n'accordent qu'un champ d'action et un rayonnement limités à toute nouvelle culture et à toute élévation de l'esprit. Mais il savait aussi que le bien qu'on peut faire ne périt pas et que chaque progrès, chaque effort pour rendre la vie plus riche et plus noble exerce sur l'avenir une action qui échappe à toute mesure, ne serait-ce que pour allumer une étincelle au cœur des générations futures qui jetteront derrière elles un regard nostalgique et s'efforceront d'atteindre de nouveaux sommets. C'est pourquoi il aimait son époque, il aimait sa propre existence et assistait avec une sorte d'attendrissement mêlé de crainte à l'épanouissement de la vie chez les jeunes de son entourage.

Tout en méditant, il descendit le long de la rampe du pont et s'en alla flâner sur la rive, en marchant dans le sens du courant. En face de lui, la vieille ville, haut perchée et pittoresque, s'étendait dans toute sa longueur, découpant le profil accidenté de ses pignons vétustes et couronnée par ses tours, ses galeries et ses hautes encoignures. Un étroit cordon de jardinets séparait de la rive cette irrégulière rangée de maisons grises. Des bacs, de petits chalands et des barques glissaient sur l'eau verte et rapide de la rivière et, sur les deux ponts, le trafic des piétons et des voitures était très animé.

Veit suivit jusqu'au bout le chemin qui longe la rivière, puis il obliqua pour emprunter un raccourci qui escaladait une pente raide à travers champs et atteignit bientôt le sommet de l'une des collines où poussaient quelques bouquets d'arbres clairsemés et du haut desquelles la vue s'ouvrait largement sur la vallée jusqu'aux chaînes de montagnes où la rivière prenait sa source et d'où elle descendait pareille, dans le lointain, à un délicat filet d'eau argenté. Tout en bas s'étendait la ville qui fascinait le regard de cet homme solitaire. Ses espoirs les plus chers et la meilleure part de son travail étaient rattachés à ces murs et à ces tours ; et ils le retiendraient encore bien des années, car l'occupation favorite et secrète de Veit consistait à écrire l'histoire encore inédite de cette ville. En germe dans son esprit depuis des années et à peine commencé, cet ouvrage avait reculé dans les ténèbres des projets abandonnés et des espoirs déçus. Depuis quelque temps, la tâche qu'il s'était assignée rencontrait de toutes parts des encouragements, des suggestions et avait retrouvé son attrait. Il ne s'agissait plus seulement de raconter les événements survenus au cours de quelques siècles, mais de mettre en évidence les racines et les sources des capacités et des forces vitales qui commençaient tout justement à donner une riche floraison printanière.

Tandis que le regard de Veit errait sur les maisons, les ponts et les tours dont l'ancienneté et l'histoire lui étaient si familières, ses pensées se reportaient involontairement aux années révolues de son existence ; il s'interrogeait, fouillait dans son passé, le soumettait à un examen attentif et éprouvait un sentiment de gratitude, mais aussi d'insatisfaction. Il revoyait les circonstances dans lesquelles sa propre nature, incertaine et malléable, s'était développée dans un milieu modeste mais plein de gaieté, puis s'était précipitée avec avidité dans la vie, se trompant maintes fois de route, comment il avait connu l'isolement, la souffrance, frôlé la mort pour enfin se ressaisir, parvenir à une contenance plus calme et à un sentiment de sécurité durement conquis. Il se revit cherchant la vérité, la perfection, la beauté, la lumière, alors qu'il errait à travers de vastes territoires, hésitant entre toutes les sciences et tous les arts, désespérant de la valeur de la vie et de l'esprit, et s'efforçant pour finir de s'élever lentement, avec des ailes mal guéries, vers de nouveaux sommets rayonnants où l'entraînaient sa nostalgie et sa foi. Au terme d'une jeunesse intérieurement riche, il se trouvait ainsi établi sur les premières hauteurs de l'existence, tout proche du sommet qui se dressait au-dessus de lui, abrupt et fascinant. C'était là-haut que le bonheur devait l'attendre, là-haut que lui seraient réservées cette plénitude, cette bienheureuse sérénité vers lesquelles il tendait depuis si longtemps ses bras fatigués. Et avec lui toute une belle jeunesse, toute une ville et peut-être tout un peuple graviraient les marches pavoisées qui conduisent à une existence plus élevée, plus significative et plus noble.

A quelques jours de là, chacun eut entre les mains un petit traité à couverture rouge qui, dans un langage clair et élégant, définissait le caractère essentiellement artistique du nouvel hôtel de ville, expliquait sa structure organique et relatait les circonstances de sa genèse et de son achèvement. Dans cet écrit, l'édifice n'apparaissait pas comme une création arbitraire de quelque maître architecte — le nom de Niklas n'était même pas mentionné — mais la nouvelle construction y était présentée plutôt comme un être participant d'une vie personnelle qui réjouissait l'esprit par la simplicité et la pureté de son plan, dont les différentes parties s'harmonisaient les unes avec les autres selon des lois naturelles, nécessaires et par là même, pleines de beauté. Ce n'était qu'aux dernières lignes de ce petit livre que l'on faisait allusion à des circonstances concernant des personnes privées et des autorités municipales. Là le style soigneusement mesuré laissait percer un ton agressif et tranchant ; on y attaquait avec une froide ironie la majorité du Conseil ainsi que les masses populaires et la conclusion ressemblait à une menace mal déguisée :

« Le créateur de cette belle œuvre, lisait-on, se voit maintenant contraint, par la volonté du Conseil et du peuple, de rendre des comptes parce qu'il a prétendûment dépensé un peu trop d'argent, mais en réalité pour l'unique raison que la mesquinerie et la mentalité d'épicier ont de tout temps éprouvé une jalousie haineuse à l'égard des hommes supérieurs et de leurs réussites. Nous en sommes presque à souhaiter que la bêtise et l'envie sortent victorieuses de ce débat, car toute défaite *morale* des bien-pensants et des philistins alimente et renforce l'esprit des temps nouveaux qui approchent. »

Distribué à tous les coins de rues, cet opuscule fit grand bruit. Les experts louèrent la maîtrise de la description et la finesse de l'analyse formelle d'une œuvre d'art. D'abord interloqués, les gens du peuple se répandirent toutefois en invectives contre la légèreté avec laquelle l'auteur inconnu avait traité la question du prix de revient et contre l'incompréhension qu'il manifestait à l'égard des masses. Toujours est-il que plus d'un citoyen voulut alors prouver qu'il n'appartenait pas à ces masses et, chacun dans son cercle particulier, se posa en connaisseur des arts, en protecteur et en admirateur du nouveau bâtiment. Piqués par la curiosité, les gens faisaient mille suppositions quant à l'identité de l'auteur. Un respectable conseiller municipal crut devoir attribuer la brochure à Niklas et se donna beaucoup de peine pour répandre cette opinion. Niklas répondit aussitôt par une lettre adressée au Conseil dans laquelle il déclarait ignorer l'origine de ces pages et ne pas tolérer qu'on le soupçonnât d'avoir fait sa propre apologie.

Dès la première lecture, il lui était clairement apparu, comme à la plupart de ses amis, que seul Veit pouvait être l'auteur en question. Ce dernier ne le nia point, mais demanda que la chose ne fût pas ébruitée, de sorte que la masse des lecteurs demeura dans l'incertitude. La cote de Veit s'éleva sensiblement dans le cercle de ses amis, car ce petit livre pouvait à bon droit être qualifié de chef-d'œuvre. Niklas lui-même avoua que cet exposé lui avait beaucoup appris et qu'il venait d'y découvrir la justification consciente de bien des choses qu'il avait jusqu'alors exécutées d'une manière instinctive.

Pour Veit, les félicitations de ses amis ne signifiaient pas grand-chose ; il était sûr de son affaire et gardait en réserve des travaux plus importants. Sur un ton de plaisanterie mais non sans amertume il dit à Ugel : « Ces gens me connaissent depuis des années, ils savent qui je suis, ce que je pense et pourtant, jusqu'ici, ils ne m'accordaient pas la moindre estime. Et à présent, parce qu'ils lisent quelques jolies phrases écrites par moi, ils viennent tous me féliciter. Dans cette brochure, il n'y a pas une seule pensée dont je ne leur aie déjà fait part à maintes reprises dans la conversation. Mais ils sont ainsi : pour eux, il faut qu'il y ait une différence entre la chose écrite et la chose parlée, entre la vie et la création. Quand je parle, ils se mettent à rire ; ce n'est qu'au moment où j'écris qu'ils croient devoir me prendre au sérieux. Quels fumistes ! »

Cependant, il s'étonnait que plus rien ne transpirât des plans de Gérard et faisait souvent allusion à ce silence dans ses conversations avec Ugel. Gérard se montrait toujours aussi ingénument aimable et gai que d'habitude, donnait des soirées, visitait les ateliers des peintres avec lesquels il s'était lié d'amitié, allait à l'occasion à l'hôtel de ville regarder les travaux en spectateur et semblait n'avoir d'autre souci sur la terre que de passer ses journées dans la plus parfaite sérénité. Cependant il agissait secrètement, ici et là, pour la cause de Niklas. Il s'efforçait de lui rendre l'opinion publique plus favorable, flattait quelques-uns des conseillers et recommandait le traité de Veit partout où il pouvait le faire. Comme son père était en mauvaise santé et gardait une attitude passive, bien des gens en déduisirent qu'il était tacitement d'accord avec son fils et la prise de position de Gérard en faveur de Niklas passa pour exprimer le sentiment de sa famille.

La convocation du Grand Conseil pour le vote sur la question de l'hôtel de ville était imminente. Plutôt que les ennemis de Niklas, c'était ceux de Gérard qui insistaient sur la nécessité de vérifier minutieusement les comptes et de condamner sévèrement l'importante dilapidation des fonds publics. En ville, on commençait à remarquer que Gérard n'entendait nullement laisser passer l'occasion d'intervenir à titre personnel dans les affaires de la ville et d'engager le plus tôt possible la lutte pour l'héritage politique de son père. Beaucoup de personnes pour lesquelles la présence du père de Gérard avait été pendant des décennies comme une épine plantée dans leur chair souhaitaient désormais le voir vivre éternellement, car il était clair que tant que le vieillard serait en vie, son fils continuerait à jouer le rôle d'homme privé ou du moins de personnage neutre.

Grâce à ses belles paroles, à sa manière intelligente de présenter les choses et surtout à sa courtoisie qui lui permettait de rallier tous les suffrages, Gérard parvint à réunir un certain nombre de partisans dans cette affaire. La veille de la séance du Grand Conseil, le bourgmestre trouva dans son courrier une missive dans laquelle deux cents citoyens mettaient le Conseil en garde contre une sévérité maladroite et un jugement hâtif, le tout accompagné de leurs signatures. C'était là le travail de Gérard. Lorsque Niklas apprit la chose, il se contenta de secouer la tête. Il lui paraissait ridicule que, pour une cause qui le concernait lui seul, de si nombreuses personnes élevassent la voix et se démenassent en sa faveur ou contre lui, alors que, de son côté, il laissait l'affaire suivre son cours sans même remuer le petit doigt. Il ne bougea pas de sa table de travail durant toute la journée, se comporta comme à l'ordinaire envers chacun et, le soir, se félicita d'avoir pris les choses du bon côté.

Le grand jour arriva. Le Conseil siégeait au complet dans la salle de l'ancien hôtel de ville. Pris d'inquiétude, le bourgmestre exhorta l'assemblée à la prudence. Les opinions étaient départagées. Plusieurs orateurs s'annoncèrent et furent entendus. De vieux messieurs se levèrent et on les vit s'empêtrer dans des joutes oratoires passionnées et agressives. Des heures s'écoulèrent avant que l'on pût songer au vote. Finalement, alors qu'on était déjà fatigué et enroué, on compta les voix. La motion stipulait que le prix d'honneur de cinq mille florins offert à l'architecte et qui devait lui être remis après l'achèvement de son œuvre ne lui serait pas décerné, mais qu'on ne prendrait pas d'autres sanctions contre lui ; que cette décision lui serait communiquée avec l'adjonction d'un blâme pour la manière dont il avait tenu sa comptabilité. Chacun savait que l'élément décisif n'était pas cette somme relativement modeste, ni même le refus de reconnaître un artiste éminent, mais qu'il s'agissait d'accepter ou de refuser une orientation nouvelle et toute récente des esprits et du mode de vie, orientation dont Gérard semblait être le défenseur le plus autorisé.

En fin de compte, la motion fut acceptée par la majorité du Conseil ; le message à Niklas fut rédigé séance tenante et expédié le jour même.

Niklas lut cette épître, s'assit à sa table de travail et écrivit la réponse suivante :

Au Grand Conseil de notre ville

Votre très aimable lettre m'est bien parvenue et nécessite une réponse immédiate.

A partir de ce jour, je me reconnais quitte de mon travail au service de la ville et renonce à toucher le salaire mensuel qui m'est dû. Cependant, comme il est indispensable que je veille personnellement à l'achèvement de l'édifice, je poursuivrai désormais ma tâche à titre bénévole et transmettrai chaque semaine toutes les pièces comptables à la caisse de la ville. Peut-être le Grand Conseil voudra-t-il bien en conclure que je n'ai pas entrepris ce travail par amour de l'argent. Au cas où le Grand Conseil ne serait pas d'accord avec cette mise au point, je retirerais mon offre et j'introduirais auprès de la haute cour de justice une requête en annulation de l'ordonnance illégale rendue contre moi à ce jour.

Niklas, architecte.

Lorsqu'il eut expédié sa lettre, il se sentit après coup saisi de fureur. Il jeta compas et crayon sur la table et se rendit dans la plus obscure taverne de la ville d'où il ne rentra qu'à une heure avancée de la nuit.

Messieurs les conseillers virent surgir de nouvelles difficultés. Encore sous le coup de la colère et du désarroi causés par la lettre inattendue de Niklas, ils reçurent une autre missive de Gérard où celui-ci, au nom de nombreux citoyens qui avaient apposé leur signature au bas de la page, désapprouvait en termes polis la décision du Conseil, et faisait savoir à ces messieurs que la somme correspondant au prix d'honneur serait remise à l'architecte grâce au concours de fonds privés, car la mesquinerie de cette décision faisait honte à toute la communauté et la ville ne voulait pas partager le mauvais renom de ses chefs et de ses conseillers.

Quelques jours après, une petite festivité réunissant une société choisie eut lieu en l'honneur de Niklas dans la cour du nouvel hôtel de ville ; Gérard exprima ses regrets à l'architecte pour les agissements du Grand Conseil et, au nom de citoyens indépendants, lui remit une coupe accompagnée du fameux prix d'honneur. Niklas, qui avait déjà oublié sa colère, porta un toast à la ville et accepta le cadeau avec une joie non dissimulée. Il fit visiter les pièces principales de l'hôtel de ville à ses hôtes et n'oublia point de faire l'éloge de Veit, son fidèle collaborateur. Ensuite on organisa dans la cour une joyeuse beuverie agrémentée de musique et de conversations. Des guirlandes de fête en arcs surbaissés se balançaient, entrecroisées au-dessus de ce bel espace et les flambeaux brûlèrent longtemps encore dans la nuit tiède au milieu du brouhaha des propos, des chansons et des plaisanteries. Veit compara l'agape improvisée dans l'édifice controversé au festin de victoire donné par des conquérants dans la cour du château fort qu'ils ont pris d'assaut et salua ses amis par ces vers...

Ici s'arrête le manuscrit.

RANDONNÉE D'AUTOMNE

Titre original de la nouvelle

EINE FUSSREISE IM HERBST
(Extrait de *Diesseits/Kleine Welt « Fabulierbuch »*)

Traversée du lac

La soirée était froide, humide, inhospitalière ; la nuit commençait déjà à tomber. J'étais descendu de la montagne par un petit chemin escarpé qui n'était par endroits qu'un sentier de terre battue et je me trouvai seul et frissonnant sur la rive du lac. Le brouillard montait comme une fumée au-delà des collines ; la pluie avait cessé, il ne tombait plus que quelques gouttes isolées et molles que le vent pourchassait.

Sur la grève, un bateau à fond plat reposait, à demi tiré sur les galets. Il était en bon état, soigneusement peint, on ne voyait pas d'eau à l'intérieur et les rames semblaient être toutes neuves. Près de là se trouvait une petite cabane en planches de sapin, ouverte et vide. Un ancien cornet de laiton était suspendu au montant de la porte par une mince chaînette. Je soufflai dans l'instrument ; il en sortit un son dur qui s'éleva paresseusement et comme à contrecœur à travers l'espace. Je soufflai encore une fois, plus longuement et plus fort. Ensuite je m'assis dans le bateau et attendis de voir si quelqu'un allait venir.

Le lac n'était que légèrement agité. De toutes petites vagues faisaient entendre un faible clapotis en heurtant les minces parois de la coque du bateau. J'avais un peu froid et je m'enveloppai avec soin dans mon vaste manteau mouillé par la pluie, fourrai mes mains sous mes aisselles et contemplai la surface du lac.

Une petite île qui, selon toute apparence, n'était qu'un imposant rocher, émergeait au milieu du lac, masse noirâtre au-dessus de l'eau couleur de plomb. Si cette île avait été à moi, j'y aurais fait bâtir une tour, avec quelques chambres disposées en carré : une chambre à coucher, une salle de séjour, une salle à manger et une bibliothèque.

Ensuite, j'y aurais installé un gardien qui aurait été chargé de tout tenir en ordre et d'allumer chaque soir une lumière dans la chambre la plus haute. Quant à moi, j'aurais continué à voyager, sachant que désormais, un refuge et une retraite m'attendaient là en tout temps. Au cours de mes voyages dans des villes lointaines, j'aurais parlé de ma tour à de jeunes femmes :

« Y a-t-il aussi un jardin ? » aurait peut-être demandé l'une d'elles.

Et moi :

« Je ne sais plus, il y a si longtemps que je ne suis pas allé là-bas. Voulez-vous que nous y allions ? »

Elle se serait mise à rire, et le regard de ses yeux brun clair aurait tout à coup changé. Il est possible que ses yeux aient été bleus ou noirs, son visage et son cou plutôt bruns, sa robe rouge foncé avec des garnitures de fourrure.

Si seulement il n'avait pas fait aussi froid ! Un sentiment de contrariété grandit en moi.

Que m'importait l'île du rocher noir ? Elle était ridiculement petite, rien de plus qu'une crotte d'oiseau sur laquelle on ne pouvait évidemment rien bâtir du tout. Et puis, pourquoi faire, s'il vous plaît ? Quelle importance cela pouvait-il avoir qu'une jeune femme imaginaire à laquelle j'eusse peut-être montré mon château, si elle eut réellement existé et si j'en avais possédé un — qu'importait que cette jeune femme soit blonde ou brune, que sa robe ait une garniture de fourrure, de la dentelle ou de simples galons ? Est-ce que par hasard des galons ne me suffiraient pas ?

A Dieu ne plaise, j'abandonnai la garniture de fourrure, la tour et l'île uniquement pour avoir la paix. Mon humeur morose réduisit ces images en miettes, puis mon ressentiment devint silencieux et s'intensifia au lieu de s'apaiser.

« Pardon, reprit la petite voix intérieure quelques instants après, pourquoi, en somme, te tiens-tu ici, en ce lieu perdu, grelottant dans l'humidité de ce rivage ? »

On entendit grincer le gravier et une voix de basse m'interpella : c'était le passeur.

« Vous avez attendu longtemps ? demanda-t-il tandis que je l'aidais à pousser l'embarcation à l'eau.

— Un bon moment, à ce qu'il m'a semblé. A présent, allons-y ! »

Les deux paires d'avirons une fois accrochées, nous quittâmes le rivage et, après avoir tourné et essayé d'accorder nos cadences, nous nous mîmes à la besogne en silence, ramant à grands coups réguliers. Grâce au réchauffement de mes membres et au mouvement libre et rythmé des rames, ma mauvaise humeur transie et mon indolence ne tardèrent pas à disparaître.

Le batelier était un homme grand et maigre, avec une barbe grise. Je le connaissais, il m'avait déjà transporté plusieurs fois dans son bateau quelques années auparavant ; cependant, il ne me reconnut pas.

Nous en eûmes pour une demi-heure à ramer et, pendant la traversée, la nuit était tout à fait tombée. A chaque coup, ma rame gauche frottait contre le tolet avec un grincement de fer rouillé, tandis que sous l'avant du canot, on entendait le bruit creux du faible ressac qui battait irrégulièrement le plancher de l'embarcation. J'avais enlevé et posé à côté de moi d'abord mon manteau, puis ma veste, et, lorsque nous approchâmes de l'autre rive, j'étais légèrement en sueur.

Les lumières de la côte jouaient maintenant sur l'eau sombre, palpitaient et sautillaient en lignes brisées, éblouissant davantage qu'elles n'éclairaient. Nous abordâmes, le passeur jeta sa chaîne autour d'un large poteau d'amarrage. De l'obscurité d'une porte cochère surgit un douanier avec une lanterne. Je donnai son petit salaire au batelier, laissai le douanier palper mon manteau et rabattis les manches de ma chemise pour remettre ma veste.

A l'instant où j'allais m'en aller, le nom oublié du passeur me revint en mémoire.

« Bonne nuit, Hans Leutwin », lui lançai-je en partant, tandis que le bonhomme, la main en visière sur le front, me suivait des yeux, étonné et grommelant.

Au Lion d'or

C'est dans la vieille petite ville où, quittant la rive du lac, j'entrai par une haute porte cintrée, que commença véritablement mon voyage de plaisance. J'avais autrefois vécu quelque temps dans cette contrée et j'espérais retrouver encore ici ou là le souvenir des expériences multiples, douces et rudes, que j'y avais faites à l'époque.

Je déambulai dans les rues nocturnes chichement éclairées par la lumière venant des fenêtres, je passai devant d'anciennes façades à pignons, devant des perrons, des fenêtres en encorbellement. Dans l'étroite et tortueuse *Maiengasse*, la vue d'un laurier-rose placé devant une maison de maître d'ancien style s'imposa à moi comme un brusque rappel. Un petit banc sur lequel on se reposait le soir, devant une autre demeure, une enseigne d'auberge, un pied de réverbère me firent le même effet et je m'étonnai que tant de choses oubliées depuis longtemps ne le fussent cependant pas au fond de moi-même. Je n'étais pas revenu au bercail depuis dix ans, et voici que d'un seul coup, je retrouvais toutes les histoires de cette singulière époque de ma jeunesse.

Je passai aussi devant le château, avec ses tours noires et ses quelques fenêtres encadrées de brique rouge, silhouette hardie et forclose dans la nuit pluvieuse de l'automne. Lorsque j'étais jeune garçon, je passais rarement par là le soir sans m'imaginer qu'une fille de comte pleurait, solitaire, dans la plus haute chambre de la tour, que j'escaladais avec manteau et échelle de corde le mur vertigineux et que je me hissais jusqu'à sa fenêtre.

« Mon chevalier, balbutiait-elle, effrayée et ravie.

— Plutôt votre serviteur », répondais-je en m'inclinant.

Puis je la portais avec précaution en descendant l'échelle de corde qui balançait dangereusement — un cri, la corde avait cassé — je gisais dans le fossé avec une jambe rompue, tandis qu'à mes côtés, la belle tordait ses blanches mains.

« Mon Dieu, que faire ? Comment puis-je vous aider ?

— Sauvez-vous, madame, un fidèle valet vous attend près de la porte dérobée.

— Mais vous ?

— Une bagatelle, soyez sans crainte. Je regrette seulement de ne pas pouvoir vous accompagner plus loin aujourd'hui. »

Depuis lors, il y avait eu un incendie au château, d'après ce que j'avais lu dans le journal ; cependant, on n'en voyait plus aucune trace, du moins de nuit, et tout était comme autrefois. Je contemplai encore un moment la masse du vieux bâtiment, puis j'obliquai dans la prochaine rue.

Là aussi on voyait toujours le même lion de fer-blanc assez grotesque qui servait d'enseigne à la respectable auberge. Je décidai d'entrer là et de demander une chambre pour la nuit.

Une énorme rumeur m'assaillit dès que j'eus franchi

le seuil de la vaste porte d'entrée. Musique, cris, allées et venues du personnel, éclats de rire, bruit de verres entrechoqués ; dans la cour stationnaient des voitures dételées auxquelles on avait suspendu des couronnes et des guirlandes de branches de sapin décorées de fleurs en papier. En entrant, je trouvai la grande salle, le café et même la pièce contiguë entièrement occupés par une joyeuse société qui fêtait un mariage. Il ne fallait pas songer à prendre un petit souper tranquille, à savourer un moment de contemplation au crépuscule, à faire revivre d'heureux souvenirs devant une chope solitaire, non plus qu'à se coucher tôt et à jouir d'un sommeil paisible.

A l'instant où j'ouvris la porte de la salle, un petit chien qu'on avait mis dehors me fila entre les jambes et traversa la pièce ; c'était un loulou noir qui se précipita sous les tables en aboyant joyeusement de toutes ses forces et qui fonça sur son maître qu'il avait tout de suite repéré, car ce dernier se tenait justement debout à sa table et prononçait un discours.

« ... Et alors, mesdames et messieurs », s'écriait-il beaucoup trop fort et le visage congestionné ; c'est à ce moment-là que le chien arriva en trombe sur lui, jappant de plus belle et interrompant le discours. Des rires et des invectives se croisèrent, l'orateur dut faire sortir son chien, les Messieurs-Dames ricanèrent, heureux de ce contretemps, et trinquèrent les uns avec les autres. Je m'éloignai un peu et, tandis que le maître du loulou retrouvait sa place et reprenait son allocution, je gagnai la pièce attenante où je me débarrassai de mon chapeau et de mon manteau et où je m'assis à l'extrémité d'une table.

La bonne chère ne faisait pas défaut ce jour-là, et pendant que je dégustais du gigot de mouton, mes voisins m'apprenaient tout ce qu'il fallait savoir au sujet de la noce. Si je ne connaissais pas les mariés, en revanche, je me voyais entouré par de nombreux visages qui m'avaient été familiers autrefois et dont beaucoup maintenant, à demi noyés dans l'ivresse et à la clarté des lampes, me semblaient plus ou moins changés et vieillis. Je revis ainsi un garçon à la belle tête à l'expression sérieuse, aux traits anguleux et délicatement dessinés — devenu maintenant un adulte rigoleur, moustachu, le cigare aux lèvres ; de jeunes gaillards que j'avais connus quelques années auparavant avaient vendu leur vie pour un baiser, sacrifié le monde pour une folie de jeunesse et je les voyais maintenant engoncés dans leurs favoris, flanqués de leur femme, se répandant en propos de philistins sur le prix des terrains ou sur les changements apportés à l'horaire des chemins de fer.

Tout avait changé et pourtant, tout était ridiculement reconnaissable ; ce qui, par bonheur, avait le moins changé, c'était l'auberge et le bon vin blanc du pays. Comme toujours, il coulait, sec et allègre, étincelant de sa belle couleur jaunâtre dans le verre sans pied, éveillant en moi le souvenir assoupi de maintes nuits de beuveries et de farces de cabaret. Cependant, personne ne me reconnut et je siégeai au milieu de ce tapage, prenant part à la conversation générale comme un étranger tombé là par hasard.

Vers minuit, alors que j'avais bu un ou deux verres de trop, une dispute s'éleva. Elle avait commencé à propos d'une bagatelle que j'avais déjà oubliée le lendemain ; des mots vifs furent échangés et trois ou quatre individus pris de vin se mirent à m'injurier. Alors j'en eus assez et je me levai.

« Merci, messieurs, je ne tiens pas à me quereller avec quiconque. Du reste, ce monsieur là-bas ne devrait pas s'échauffer inutilement, car il est malade du foie.

— Comment le savez-vous ? s'écria l'homme avec une brusquerie où perçait le désarroi.

— Je le vois en vous regardant, je suis médecin. Vous avez quarante-cinq ans, n'est-ce pas ?

— En effet.

— Et vous avez souffert d'une grave pneumonie il y a environ dix ans ?

— Pardieu, c'est vrai. A quoi voyez-vous cela ?

— Oh ! cela se voit tout de suite quand on a l'œil exercé. Allons, bonne nuit, messieurs ! »

Tous me saluèrent poliment, l'homme à la maladie de foie s'inclina même devant moi. J'aurais pu encore lui dire son prénom et son nom ainsi que ceux de sa femme car je le connaissais très bien pour avoir souvent conversé avec lui autrefois, le soir après le travail.

Une fois dans ma chambre, je lavai mon visage brûlant, regardai par la fenêtre au-delà des toits l'étendue pâle du lac puis allai me coucher. Pendant un moment encore, j'entendis décroître lentement les rumeurs de la fête, ensuite la fatigue me submergea et je dormis d'une traite jusqu'au matin.

Bourrasques

Des lambeaux de nuages effilochés, gris et mauves, se bousculaient dans le ciel orageux et un vent violent m'accueillit le lendemain assez tard dans la matinée lorsque je voulus me mettre en route pour continuer mon voyage. J'atteignis bientôt la crête de la colline d'où je pouvais embrasser d'un seul coup d'œil, serrés à mes pieds sur le rivage un peu comme des joujoux, la petite ville, le château, l'église et le petit port avec les bateaux. De drôles d'histoires qui dataient de mon précédent séjour dans le pays me revinrent en mémoire et m'amusèrent. J'en avais bien besoin, car, plus j'approchais du but de mon voyage, plus je me sentais, sans que je veuille en convenir, le cœur lourd et troublé.

La marche dans l'air froid et bruissant me fit du bien. J'écoutai le vent souffler avec violence et, tout en avançant le long de la crête, je voyais avec une joie grandissante le paysage s'élargir et devenir de plus en plus impressionnant. Du côté du nord-est, le ciel s'était éclairci et l'on jouissait d'une vue dégagée sur de longues chaînes de montagnes bleuissantes aux constructions merveilleusement ordonnées.

Le vent devenait plus fort à mesure que je m'élevais. Sa frénétique mélopée automnale, mêlée de gémissements et de rires, évoquait des passions fabuleuses, au regard desquelles les nôtres n'étaient que des enfantillages. Il me hurlait aux oreilles des paroles jamais entendues, des mots venus du fond des âges, pareils à des noms d'anciens dieux. Il rayait le ciel entier d'épaves de nuages divaguant par bandes parallèles, et, dans le tracé de ces lignes, on percevait une force qui aurait été domptée malgré elle et sous laquelle les montagnes semblaient se courber.

Le mugissement de l'air, le spectacle du vaste paysage de montagnes avaient chassé le trouble légèrement angoissé de mon âme. L'idée que j'allais au-devant de retrouvailles avec ma jeunesse et de tout un monde d'émotions encore incertaines n'avait plus autant d'importance à mes yeux et ne dominait plus mes pensées depuis que les péripéties de la route et de l'atmosphère étaient devenues pour moi des réalités vivantes.

Peu après midi je m'arrêtai pour me reposer au point culminant de la route qui longeait les crêtes ; mon regard avide et bouleversé survolait l'immense pays qui se déployait à perte de vue. On voyait d'abord des collines verdoyantes, puis, beaucoup plus éloignées, des pentes boisées d'un bleu doux, des montagnes rocheuses de couleur jaune, tout un paysage plissé de mille collines et, à l'arrière-plan, le massif des hautes montagnes avec ses aiguilles de pierre aux parois escarpées et ses blêmes pyramides de neige. A leurs pieds, dans toute son étendue, le grand lac, bleu comme la mer, avec de petites vagues écumeuses où glissaient, inclinés et rapides, deux voiliers solitaires. Sur les rives brunes et vertes, c'était le flamboiement jaune des vignobles, les bois colorés par l'automne, les routes luisantes, les villages nichés dans leurs vergers, les pauvres hameaux de pêcheurs, les villes aux maisons entassées sous les jeux de l'ombre et de la lumière. Au-dessus de tout cela, une masse de nuages brunâtres balayés par le vent et, entre ces nuages, des pans de ciel merveilleusement clairs avec des tons diaphanes, d'un vert bleu opalescent, tandis que les rayons du soleil peignaient des éventails sur la masse des nuages. Tout cela était en mouvement, même les chaînes de montagnes avaient l'air de déferler comme une marée et les sommets escarpés des Alpes, inégalement éclairés, semblaient instables et prêts à bondir.

Entraînés par le mouvement des nuages et de la tempête, mes sentiments et mes désirs, eux aussi impétueux et fébriles, survolaient la vaste étendue, embrassaient les pics neigeux puis, inconstants, allaient se reposer dans les anses vertes du lac. D'anciennes et séduisantes impressions de voyage, changeantes et colorées comme les ombres des nuages, traversaient mon esprit ; j'éprouvai de la tristesse à cause du temps perdu, je ressentais la brièveté de la vie et la richesse du monde, j'étais comme un être sans feu ni lieu qui se cherche une patrie, et ces pensées alternaient avec l'irrésistible sentiment d'être tout à fait détaché de l'espace et du temps.

Lentement, les vagues de sensations s'éloignèrent, leurs voix s'éteignirent, leur écume se dissipa et mon cœur devenu silencieux, reposa, impassible, comme l'oiseau dans les hautes altitudes.

C'est alors qu'avec un sourire et une impression de chaleur renaissante je contemplai le dessin tortueux des routes, les collines boisées et les clochers dans leur proximité familière ; inchangé, le pays des belles années de ma jeunesse me faisait signe comme autrefois. Revigoré autant par l'émotion que par une sensation de sécurité et pareil au soldat qui relit sur la carte son ancien plan de campagne, je déchiffrai à travers le paysage coloré par l'automne le souvenir de nombreuses et admirables folies ainsi que l'histoire d'un ancien amour, déjà presque transfiguré par la légende.

Réminiscences

Je pris mon repas de midi dans un coin tranquille, abrité du vent par un gros rocher. Pain noir, saucisson et fromage. Lorsque, après quelques heures de montée par un vent violent, on mord dans le premier sandwich — alors là, c'est un véritable plaisir, presque le seul, parmi les authentiques joies de l'enfance, qui ait conservé tout son charme pénétrant et qui puisse vous combler de bonheur jusqu'à la saturation.

Le lendemain, j'atteindrais peut-être cet endroit du bois de hêtres où j'avais reçu le premier baiser de Julie. C'était au cours d'une sortie de la Société municipale *Concordia*, dans laquelle j'étais entré uniquement à cause de Julie. Le lendemain de l'excursion, je m'empressai de démissionner.

Et dans deux jours peut-être, avec un peu de chance, je la reverrais elle-même. Elle a épousé un commerçant aisé nommé Herschel et doit avoir trois enfants dont une fillette qui lui ressemble d'une façon surprenante et qui s'appelle aussi Julie. Je n'en sais pas davantage, mais, quoi qu'il en soit, c'est plus qu'il n'en faut pour moi.

Cependant, je sais encore exactement dans quels termes je lui écrivis de l'étranger, une année après mon départ, pour lui dire que je n'avais en vue ni gain ni position et qu'elle ne devait pas m'attendre. Elle me répondit qu'il était inutile, pour moi comme pour elle, d'en avoir du chagrin, qu'elle serait là quand je rentrerais, tôt ou tard, au pays.

Néanmoins, six mois après, elle m'écrivit de nouveau pour me demander de lui rendre sa liberté en faveur de ce Herschel et, dans la douleur et la colère du premier moment, je n'écrivis pas de lettre, mais avec mes derniers sous, je lui télégraphiai une phrase de quatre ou cinq mots impersonnels dans un style commercial. Ces mots franchirent l'océan et ne purent être rétractés.

Les choses se passent si drôlement dans la vie ! Fut-ce un hasard ou une raillerie du sort, ou encore l'effet d'un courage dû au désespoir — à peine l'amour heureux était-il réduit en miettes qu'arrivèrent comme par enchantement succès, profit, argent ; voilà que l'inespéré se produisait comme par jeu et qu'il était néanmoins sans valeur. La destinée a des lubies, me dis-je, et en deux jours et deux nuits, je dépensai à boire avec des camarades une pleine poche de billets de banque.

Toutefois, je ne m'attardai pas longtemps à remuer ces vieilles histoires, lorsque après avoir mangé, je jetai au vent le papier qui avait enveloppé mon saucisson, me roulai dans mon manteau et me disposai à faire une petite sieste. Je préférai songer à mon amour d'autrefois, à la silhouette et au visage de Julie, à ce visage mince aux sourcils noblement arqués et aux grands yeux sombres. Et je préférais penser à cette journée dans la forêt de hêtres, à la façon dont elle m'avait lentement cédé, à contrecœur, frémissant ensuite sous mes baisers qu'elle finit par me rendre en souriant très doucement, comme si elle sortait d'un rêve, tandis que des larmes brillaient encore à l'extrémité de ses cils.

Choses révolues que tout cela ! Ce qu'il y avait eu de meilleur, cependant, ce n'était pas les baisers ni les promenades à deux, ni le mystère et l'intimité ; ce qu'il y avait eu de meilleur, c'était la force qui émanait de cet amour et rejaillissait sur moi, une force pleine d'allégresse, le sentiment de pouvoir vivre, lutter, braver l'eau et le feu pour elle. Être capable de se rabaisser pour un instant, de sacrifier des années pour le sourire d'une femme, voilà le bonheur. Cette faculté-là, je ne l'ai jamais perdue.

Je me levai en sifflotant et poursuivis mon chemin.

Lorsque la route, ayant franchi la crête de la colline, descendit de l'autre côté et que je fus obligé de prendre congé du vaste panorama que m'offrait la vue du lac, le soleil déjà déclinant se trouvait aux prises avec des masses inertes de nuages jaunâtres qui lentement le voilèrent et l'engloutirent. Je fis halte et, tout en me reposant, j'assistai au fantastique déroulement de ce qui se passait dans le ciel :

Du côté de l'est, dans les hauteurs du firmament, des faisceaux de rayons jaune pâle fusaient en bordure d'un banc compact de nuages. Le ciel entier s'embrasa rapidement, devint rouge orangé, tandis que des bandes pourpres striaient l'espace et qu'en même temps les montagnes prenaient une teinte bleu sombre et que, sur le rivage, les roseaux flétris rougeoyaient comme un feu de bruyère. Puis la teinte jaune du ciel s'évanouit, la lueur rouge devint chaude et douce, jouant d'une manière exquise autour de petits nuages soufflés et transparents comme des voiles, tendres comme des rêves ; cette lueur se répandit en mille veinules délicates et rosées à travers la cloison de brume d'un gris éteint dont la couleur se fondit lentement avec le rouge pour produire un ton lilas d'une indicible beauté. Le lac devint bleu foncé, presque noir, avec, près du rivage, des bas-fonds nettement délimités qui ressortaient en vert clair.

Lorsque s'éteignit ce paroxysme coloré et presque douloureux dont l'ardeur et le caractère éphémère ont toujours quelque chose d'exaltant pour l'âme quand l'horizon est vaste, je me tournai du côté de la campagne et découvris avec étonnement un paysage de vallées déjà plongé dans la fraîcheur vespérale. Sous un grand noyer, je marchai sur une noix oubliée au cours de la dernière récolte ; je la ramassai et sortis de la coquille un cerneau d'un brun luisant, tout frais et encore humide. A l'instant où je le croquai et en perçus le goût et l'odeur caractéristiques, un souvenir surgit à l'improviste dans ma mémoire. Pareille à un rayon lumineux réfléchi par un fragment de miroir et projeté dans un espace obscur, une parcelle de vie surgissant d'un passé depuis longtemps oublié brille parfois en plein présent, rallumée par un rien et suscitant l'effroi ou l'inquiétude.

L'incident auquel je repensai pour la première fois depuis douze ans ou davantage m'était à la fois cher et douloureux. Un jour d'automne — je pouvais avoir environ quinze ans — je fréquentais alors le lycée d'une autre ville, ma mère me rendit visite. J'affectai un maintien très froid et hautain, comme l'exigeait mon orgueil de lycéen et réussis à la blesser par mille petits riens. Elle devait repartir le lendemain, mais, avant de se rendre à la gare, elle vint encore une fois à l'école et attendit le moment de la récréation. Tandis que nous faisions bruyamment irruption hors des salles de classe, elle se tenait à l'extérieur du bâtiment, modeste et souriante, et son beau regard rieur et plein de bonté m'avait déjà repéré de loin. Mais sa présence me gênait devant messieurs mes camarades, c'est pourquoi je n'allai que lentement à sa rencontre, lui fis un petit signe désinvolte de la main et pris une attitude si assurée qu'elle fut obligée de renoncer à son intention de m'embrasser et de me donner sa bénédiction avant de partir. Affligée, mais vaillante, elle me regarda en souriant, puis elle traversa rapidement la rue jusqu'à la boutique d'un marchand de fruits, acheta une livre de noix et me mit le cornet entre les mains. Ensuite elle partit pour la gare et je la vis disparaître à l'angle de la rue avec son petit sac de cuir à l'ancienne mode. A peine fut-elle hors de vue que j'éprouvai une amère douleur et j'aurais bien voulu pouvoir lui demander pardon, en pleurant, pour cette grossièreté insensée et puérile. C'est alors que passa près de moi l'un de mes camarades, le premier de mes rivaux pour les questions de savoir-vivre. « On a reçu des bonbons de sa petite mamy ? » demanda-t-il en souriant ironiquement. Retrouvant aussitôt mon amour-propre, je lui offris le cornet et, comme il ne l'acceptait pas, je partageai toutes les noix entre les petits de la classe de quatrième sans en garder une seule pour moi.

Je croquai rageusement ma noix, jetai la coquille dans les buissons noirâtres qui couvraient le sol et, suivant commodément la route, je repris mon pèlerinage dans la direction de la vallée, sous un ciel vespéral teinté d'un soupçon de vert bleu et d'or ; bientôt, je passai devant des bouleaux jaunis par l'automne et des sorbiers gaiement colorés, puis j'arrivai dans la pénombre bleuissante des rangées de jeunes sapins pour pénétrer enfin dans l'ombre épaisse d'une grande forêt de hêtres.

Paix villageoise

Deux heures plus tard, après une longue et insouciante flânerie, je m'étais fourvoyé dans un dédale de chemins forestiers étroits et ténébreux et plus il faisait sombre et froid, plus grande était mon impatience de trouver une issue. Me frayer un chemin droit devant moi à travers les broussailles était impossible, le bois était touffu, le sol marécageux par endroits et bientôt il fit noir comme dans un four.

Trébuchant, fatigué, j'avançais à tâtons, en proie à l'étrange excitation de celui qui s'est égaré en pleine nuit. Je m'arrêtai souvent pour lancer un appel, puis je tendais l'oreille pendant un long moment. Tout était silencieux ; la solennité froide et les ténèbres compactes qui règnent dans les profondeurs muettes de la forêt m'entouraient de tous côtés comme un épais rideau de velours. Si insensée et chimérique qu'ait été ma situation, la pensée qu'à travers bois, en pleine nuit glacée, dans une contrée qui ne m'était plus familière, je me battais pour revoir une amante presque oubliée, cette pensée me réjouissait malgré tout. Je me mis à fredonner mon ancienne chanson d'amour :

Étonné, je dois baisser les yeux,
Ferme toutes les portes, mon cœur,
Pour songer en secret à cette merveille —
A toi qui es si belle !

J'aurais donc parcouru tant de pays, mon corps et mon âme auraient conservé les cicatrices de tant d'interminables combats pour en arriver aujourd'hui à chanter ces vieux et stupides refrains et pour courir après l'ombre de mes folies enfantines depuis longtemps effacées ! Et pourtant, j'éprouvais un certain plaisir et, tandis que je suivais avec peine le sentier tortueux, je continuai à chanter, à faire des vers, à donner libre cours à ma fantaisie jusqu'à ce que, la fatigue prenant le dessus, je poursuivisse mon chemin en silence. En avançant à tâtons, je rencontrai de gros troncs d'arbre tapissés de lierre dont les branches et la cime baignaient, invisibles, dans les ténèbres. Je marchai ainsi encore une demi-heure et commençais à perdre courage lorsqu'il m'arriva quelque chose de charmant et d'inoubliable.

Brusquement, la forêt cessa et je m'arrêtai un instant entre les derniers troncs d'arbres au haut d'une pente abrupte ; tout en bas, dans la lumière bleutée de la nuit, sommeillait une large vallée boisée et à mes pieds reposait un petit village silencieux et secret, où brillaient cinq ou six fenêtres rougeoyantes. Les maisons basses, dont je n'apercevais que les larges toits de bardeaux qui luisaient doucement, se pressaient les unes contre les autres en décrivant une légère courbe, tandis qu'entre elles une étroite rue pleine d'ombre se faufilait jusqu'à une grande fontaine de village. A mi-hauteur, sur la pente opposée, on voyait une chapelle isolée au milieu des nombreuses croix du cimetière, à peine distinctes dans la nuit tombante. Non loin de la chapelle, un homme avec une lanterne grimpait un sentier escarpé. Et en bas, dans une des maisons du hameau, on entendait des jeunes filles chanter une mélodie d'une voix claire et décidée.

Je ne savais pas où j'étais ni comment s'appelait le village et je me proposai de ne pas même m'en informer.

Comme le chemin que j'avais suivi se perdait à la lisière de la forêt, du côté de la montagne, je me mis à descendre avec précaution, en dehors de tout sentier, à travers des prés en pente, dans la direction du village. Je m'égarai dans des jardins, rencontrai de petits escaliers de pierre, me jetai contre un mur de soutènement et, pour finir, je fus obligé d'escalader une palissade et de sauter par-dessus un ruisseau peu profond ; après quoi je me trouvai enfin dans le village et, passant devant la première ferme, je débouchai dans la petite rue tortueuse et endormie. Je découvris bientôt l'auberge qui s'appelait Au Bœuf et qui n'était pas encore fermée.

Le rez-de-chaussée était sombre et silencieux ; du vestibule carrelé partait un vieil escalier assez somptueusement construit, orné de balustres ventrus et éclairé par une lanterne suspendue à une corde, qui conduisait à un corridor dallé et à la salle de café. Celle-ci était très spacieuse ; près du poêle, la table autour de laquelle trois paysans siégeaient devant un verre de vin était éclairée par une lampe à suspension qui la faisait ressortir comme un îlot lumineux dans cette grande pièce à demi obscure.

Le poêle était allumé ; il avait l'aspect d'un édifice

cubique recouvert de carreaux de faïence d'un vert foncé dans lesquels se reflétait doucement la pâle lumière de la lampe. Sous le poêle dormait un chien noir. L'hôtesse me salua d'un « Bonsoir », lorsque j'entrai, tandis que l'un des paysans m'examinait d'un œil critique.

« Qui est-ce donc ? demanda-t-il, méfiant.

— Je ne sais pas », dit l'hôtesse.

Je m'assis à la table, saluai et commandai du vin. Il n'y avait que du vin nouveau, un moût très jeune et d'un rouge clair, mais il était déjà assez corsé et ne tarda pas à me réchauffer délicieusement. Ensuite, je m'enquis d'un gîte pour la nuit.

« Voilà ce qui se passe, dit la femme en haussant les épaules, nous avons bien une chambre, mais elle est déjà occupée par un monsieur. Il y a un second lit dans la pièce, mais le monsieur dort déjà. Si vous voulez monter et discuter avec lui ?

— Non, cela ne me dit rien. Et autrement, il n'y a pas de place ?

— De la place, oui, mais pas de lit.

— Et si je couchais près du poêle ?

— Eh bien, si vous voulez. Je vous donnerai une couverture et j'ajouterai quelques bûches pour que vous n'ayez pas froid. »

Alors je me fis préparer des œufs et de la saucisse ; pendant le repas, je demandai si j'étais encore loin du but de mon voyage.

« Dites-moi, combien y a-t-il d'ici à Ilgenberg ?

— Cinq heures. Le monsieur qui occupe la chambre y retourne aussi demain. C'est là qu'il habite.

— Ah ! bien. Et que fait-il donc par ici ?

— Il achète du bois. Il vient chaque année. »

Les trois paysans ne se mêlèrent pas à notre conversation. Ce sont, pensai-je, les propriétaires de forêt et les charretiers avec lesquels le marchand d'Ilgenberg a conclu son marché. Ils me prenaient visiblement pour un commerçant ou un employé et se méfiaient de moi ; c'est pourquoi je les laissai aussi en paix.

J'avais à peine fini de manger et je m'appuyais au dossier de ma chaise lorsque le chant des jeunes filles que j'avais entendu un moment auparavant reprit tout à coup assez fort et tout proche. Elles chantaient le lied de la belle jardinière et, à la troisième strophe, je me levai et allai jusqu'à la porte de la cuisine que j'entre-bâillai doucement. Deux filles et une servante plus âgée étaient assises à la table de sapin clair devant une montagne de haricots à écosser et chantaient à la lueur d'un bout de chandelle. Je ne sais plus comment était la plus âgée des trois, mais l'une des deux jeunes était une blonde rouquine, fraîche et robuste, l'autre une jolie brune à la physionomie sérieuse. Ses tresses étaient enroulées autour de sa tête et formaient ce qu'on appelait une coiffure en « nid » ; elle chantait de tout son cœur, d'une voix claire et enfantine, tandis que la petite flamme de la bougie brillait en se reflétant dans ses yeux.

Lorsqu'elles me virent arrêté sur le seuil de la porte, la vieille se mit à rire, la rousse fit une grimace et la brune me regarda un instant bien en face, puis elle baissa la tête, rougit légèrement et se mit à chanter plus fort. Elles commençaient justement une nouvelle strophe et je fis chorus aussi bien que je le pus. Ensuite, j'allai chercher mon verre de vin, pris un escabeau à trois pieds et m'assis à la table où je mêlai ma voix à celle des jeunes filles. La rouquine poussa vers moi une poignée de haricots et je les aidai à écosser.

Quand nous eûmes fini de chanter les quatre strophes, nous nous regardâmes sans pouvoir nous empêcher de rire, ce qui eut pour effet de rendre le visage de la brunette absolument ravissant. Je lui offris mon verre, mais elle ne l'accepta pas.

« Vous êtes bien fière, dis-je tout chagriné. Seriez-vous de Stuttgart, par hasard ?

— Non, pourquoi de Stuttgart ?
— Parce qu'on dit :

Stuttgart est une belle ville
Stuttgart est dans la vallée
Où les filles sont si belles
Mais si méchantes...

— C'est un homme qui vient de la Souabe, dit la vieille à la blonde.

— Oui, c'en est un, confirmai-je. Et vous, vous venez de l'Oberland, où poussent les prunelliers.

— C'est bien possible », dit-elle en riant malicieusement.

Cependant, je continuai à dévisager la brunette, et, m'aidant de quelques haricots, je dessinai la lettre M et lui demandai si son nom commençait par cette lettre. Elle secoua la tête, alors je formai un A. Elle fit un signe affirmatif et j'essayai de deviner.

« Agnès ?
— Non.
— Anna ?
— Pas du tout.
— Adélaïde ?
— Non plus. »

J'avais beau chercher, c'était toujours faux ; mais la jeune fille s'en amusait beaucoup et pour finir, elle me lança : « Oh ! que vous êtes donc absurde ! » Alors, comme je lui demandais instamment de me dire son nom, elle eut l'air gêné pendant un moment, puis elle articula très vite et à voix basse : « Agathe », en rougissant comme si elle avait livré un secret.

« Êtes-vous aussi marchand de bois ? me demanda la blonde.
— Non, absolument pas. Est-ce que j'en ai l'air ?
— Ou géomètre, peut-être ?
— Pourquoi devrais-je être géomètre ?

— Pourquoi ? Parce que.
— Votre bon ami en sera un, je parie.
— Ça me plairait assez.
— Si nous chantions encore quelque chose pour finir, proposa la jolie fille, et, tandis que les derniers haricots nous sautaient entre les doigts, nous entonnâmes le lied « Me voici au cœur de la nuit. »
Quand nous eûmes fini de chanter, les jeunes filles se levèrent et j'en fis autant.
« Bonne nuit, dis-je à chacune d'elles en leur tendant la main ; m'adressant à la brune, je lui dis : bonne nuit, Agathe. »
Dans la salle, les trois rustauds se préparaient à partir. Ils ne firent aucune attention à moi, vidèrent lentement le fond de leurs verres sans payer leur écot, puisqu'ils avaient été, du moins ce soir-là, les invités de l'homme d'Ilgenberg.
« Bonne nuit tout de même », dis-je au moment de leur départ, mais je ne reçus aucune réponse et je claquai la porte sur le dos de ces grossiers personnages. Là-dessus arriva l'hôtesse avec des couvertures de cheval et un oreiller. Nous arrangeâmes une couchette acceptable en utilisant le rebord du poêle et trois chaises ; en guise de consolation, la femme me déclara en s'en allant que la nuit ne me coûterait rien. Ce qui me convenait fort bien.
A demi déshabillé et couvert de mon manteau, je m'allongeai contre le poêle qui dégageait encore une agréable chaleur et je me mis à songer à la brune Agathe. Une strophe d'un ancien hymne que j'avais souvent chanté avec ma mère dans mon enfance me revint en mémoire :

Belles sont les fleurs
Plus belles encore sont les créatures
Au temps béni de leur jeunesse...

Ainsi était Agathe, plus belle que les fleurs, bien

qu'elle leur fût apparentée. Partout, dans tous les pays, on voit de ces beautés isolées, mais assez rares, il est vrai, et chaque fois que j'en ai rencontré une, cela m'a réchauffé le cœur. Elles sont pareilles à de grands enfants, aussi timides que confiantes et le regard de leurs yeux candides ressemble à celui d'un bel animal et fait penser à une source cachée dans la forêt. On les regarde, on les aime sans demander d'être aimé et, tout en les dévisageant, on souffre parfois de songer que cette exquise image de la jeunesse, de la créature humaine dans sa fleur, vieillira elle aussi et devra disparaître un jour.

Je m'endormis bientôt, et, sous l'effet de la chaleur dégagée par le poêle, je rêvai que j'étais étendu sur le rivage rocheux d'une île des pays du Sud, que je sentais la brûlure d'un soleil ardent sur mon dos et que je voyais une jeune fille brune, seule dans une barque, ramer vers le large, s'éloigner lentement et devenir de plus en plus petite.

Promenade matinale

Le poêle était refroidi et j'avais les pieds gelés lorsque je me réveillai tout transi ; c'était déjà le matin et, à côté, j'entendais quelqu'un allumer le fourneau de la cuisine. Dehors, on voyait, pour la première fois de l'automne, une mince couche de gelée blanche sur les prés. Mes membres étaient raides et courbatus à cause de la dureté de ma couche, mais j'avais dormi tout mon soûl. A la cuisine, où la vieille servante me souhaita le bonjour, je me lavai sur l'évier et brossai un peu mes vêtements que les bourrasques de la veille avaient couverts de poussière.

A peine étais-je assis dans la salle devant un café bien chaud qu'entra le monsieur de la ville ; il me salua poliment et s'installa près de moi à la table où l'on avait mis son couvert. Il prit un petit flacon plat dans sa poche et versa un peu de kirsch dans sa tasse ; il m'en offrit également.

« Merci, lui dis-je, je ne bois pas de schnaps.

— Vraiment ? Voyez-vous, je suis obligé de le faire, sinon je ne supporte pas le lait, malheureusement. A chacun son infirmité.

— Eh bien, si vous n'en avez pas d'autres, vous ne pouvez pas vous plaindre.

— C'est vrai. Et je ne me plains pas. J'en suis bien éloigné, au contraire... »

Il faisait partie de ces gens qui éprouvent toujours le besoin de s'excuser, même sans motif. Du reste, il faisait bonne impression, un peu trop poli, mais intelligent et ouvert. Il était vêtu à la façon des provinciaux, ce qu'il portait était soigné, de bonne qualité, mais sans élégance.

Lui aussi m'examinait, et quand il vit que je portais un pantalon de golf, il me demanda si j'étais venu à bicyclette.

« Non, à pied.

— Ah ! vous faites de la marche, je comprends. Certes, le sport est une belle chose, quand on a du temps.

— Vous avez acheté du bois ?

— Oh ! une petite quantité, juste pour mon usage personnel.

— Je croyais que vous étiez marchand de bois.

— Mais non, absolument pas. J'ai un commerce de tissus. C'est-à-dire une boutique de tissus, vous comprenez ? »

Nous mangions des beurrées pour accompagner le café et, pendant qu'il se servait de beurre, je remarquai ses mains très bien faites, longues et fines.

Il évalua à six heures le temps nécessaire pour atteindre Ilgenberg. Il avait une voiture et m'invita aimablement à l'accompagner, mais je n'acceptai pas.

Je m'informai des sentiers que je pourrais prendre et obtins pas mal de renseignements. Après quoi j'appelai l'hôtesse et réglai ma petite note ; je mis du pain dans ma sacoche, pris congé du marchand, descendis l'escalier, traversai le vestibule dallé et me retrouvai dehors, dans le froid du petit matin.

La voiture du marchand stationnait devant la porte ; c'était un léger cabriolet à deux places et le valet sortait justement le cheval de l'écurie, un petit cheval bien nourri, tacheté comme une vache de blanc et de roux.

Le chemin qui remontait la vallée longeait un moment le ruisseau, puis grimpait vers les hauteurs boisées. Tandis que j'avançais, seul, dans cette direction, je me pris à songer qu'en somme, j'avais toujours cheminé seul, et pas seulement lors de mes promenades, mais à chaque pas de mon existence. Bien sûr, les amis, les parents, les bonnes connaissances, les amourettes étaient toujours là, cependant ils ne m'avaient jamais enfermé dans leur cercle, jamais comblé, ils ne m'avaient jamais attiré sur d'autres voies que celles que j'avais moi-même choisies. Il est possible que tout être humain, quelle que soit sa nature, ait sa trajectoire toute tracée, comme celle d'une balle qu'on lance, et suive une ligne déterminée depuis longtemps, alors qu'il pense pouvoir maîtriser son destin ou le tourner en dérision. Dans tous les cas, notre destin se trouve en nous-mêmes et non pas en dehors de nous, c'est pourquoi tout ce qui apparaît à la surface de la vie, tout événement visible se trouve marqué d'une certaine insignifiance. Ce que l'on prend ordinairement au sérieux et que l'on qualifie même de tragique se réduit souvent aux dimensions d'une bagatelle. Et les personnes qui tombent à genoux devant l'apparence du tragique sont les mêmes qui souffrent et s'effondrent pour des choses auxquelles elles n'avaient jamais prêté attention.

Je me disais : qu'est-ce qui peut bien me pousser

aujourd'hui, moi, homme libre, vers la petite ville d'Ilgenberg où je n'ai plus rien à voir ni avec les gens ni avec les maisons et où je ne puis guère m'attendre à autre chose qu'à des déceptions et peut-être à des souffrances ? Et je me regardais aller, aller toujours de l'avant et osciller de temps à autre entre l'humour et l'anxiété.

La matinée était belle, la terre et l'atmosphère encore automnales avaient été effleurées par les premiers souffles de l'hiver et la limpidité un peu crue de l'air diminuait à mesure que le jour se levait. Des bandes immenses d'étourneaux, en formations triangulaires survolaient les champs avec des sifflements aigus. Dans la vallée, un troupeau itinérant se déplaçait avec lenteur, et la fine poussière qu'il soulevait se mêlait au mince filet de fumée bleue qui sortait de la pipe du berger. Tout cela, de même que les chaînes de montagnes, les coteaux boisés aux riches couleurs, le cours du ruisseau bordé de saules baignait dans la clarté cristalline de l'air avec la fraîcheur d'un tableau qu'on vient de peindre et la beauté de la terre poursuivait tout bas son discours plein d'ardeur, sans se soucier de savoir qui pouvait l'entendre.

Ce qui me frappe toujours comme un phénomène étrange, inconcevable et plus exaltant que tous les faits du jour et que toutes les interrogations de l'esprit humain, c'est ceci : comment se fait-il qu'une montagne se dresse dans le ciel, que les airs reposent, silencieux, au fond d'une vallée, que les feuilles jaunies du bouleau quittent leur branche et que des nuées d'oiseaux voyagent dans l'immensité bleue du ciel ? L'éternelle énigme de l'univers vous pénètre alors avec tant de douceur, elle vous inspire une telle humilité que l'on abandonne tout l'orgueil avec lequel on disserte habituellement de l'inexplicable ; on ne se sent nullement accablé, au contraire, on accueille toute chose avec gratitude, on éprouve à la fois un sentiment de modestie et de fierté à l'idée d'être l'hôte de l'univers.

A l'orée du bois, un faisan sortit des taillis et s'envola devant moi dans un grand bruit d'ailes. Des feuilles de mûres brunissantes pendaient en longues vrilles au-dessus du chemin ; chaque feuille était recouverte d'une mince couche transparente et soyeuse de gelée argentée qui scintillait comme le fin duvet d'un morceau de velours.

Lorsque, après une interminable montée dans la forêt, j'atteignis un coteau dégagé d'où la vue s'étendait au loin, le paysage me sembla de nouveau plus familier. Mais je ne savais pas le nom du hameau dans lequel j'avais passé la nuit et je n'ai pas non plus cherché à le savoir.

Mon chemin continuait à longer la forêt, mais cette fois du côté habituellement exposé aux intempéries et je trouvai de quoi me divertir en observant les formes audacieuses et grotesques des troncs, des branches et des racines. Rien ne peut occuper ni réjouir autant l'imagination. En premier lieu, ce sont les impressions comiques qui dominent : on identifie facilement des figures grimaçantes, des silhouettes ridicules, des caricatures de visages connus dans les entrelacements de racines, les crevasses de la terre, dans les formations de nœuds sur les branches ainsi que dans les masses de feuillage. Par la suite, l'œil qui s'est exercé découvre, sans avoir besoin de les chercher, une foule de choses bizarres. Le côté comique disparaît, car toutes ces formes expriment une telle résolution, une audace si imperturbable, que leur troupe silencieuse ne tarde pas à s'imposer à vous avec une sorte de légitimité et comme une nécessité tout à fait sérieuse ; finalement, elles deviennent inquiétantes et accusatrices. S'il en est ainsi et pas autrement, c'est que la créature humaine, inconstante, souvent dissimulée derrière un masque, prend peur aussitôt qu'elle observe avec un peu d'attention les traits caractéristiques de tout ce que produit la nature.

Le village que j'atteignis après deux heures de marche le long des sentiers de la vallée s'appelait Schluchtersingen ; je le connaissais pour y avoir passé autrefois. En traversant la rue du village, je vis une voiture arrêtée devant l'auberge nouvellement construite et je reconnus tout de suite le véhicule du marchand d'Ilgenberg et son étrange petit cheval tacheté.

L'homme sortait justement de l'auberge et s'apprêtait à reprendre la route lorsqu'il me vit venir. Il me salua aussitôt cordialement et me fit un petit signe de la main.

« J'avais encore affaire ici, mais à présent, je vais directement à Ilgenberg. Ne voulez-vous pas m'accompagner ? Si vous ne préférez pas aller à pied, bien entendu. »

Il avait un air si bon enfant et le désir que j'avais d'atteindre le but de mon voyage devenait peu à peu si pressant que j'acceptai et montai dans la voiture. Le marchand donna un pourboire au valet, prit les guides et nous partîmes. L'attelage roulait facilement et sans se presser sur la bonne route et, après mes longues journées de marche, l'impression seigneuriale de la course en voiture me fut très agréable.

Je trouvai également très agréable que le marchand ne cherchât pas à m'interroger. Si cela avait été le cas, je serais immédiatement descendu de voiture. Il me demanda seulement si je faisais un voyage d'agrément et si je connaissais déjà la région.

« Dans quelle auberge est-on le mieux logé actuellement à Ilgenberg ? demandai-je. Autrefois le *Cerf* était très bien ; le propiétaire s'appelait Böliger.

— Il est mort. A présent, la maison est dirigée par un Bavarois et doit être moins bien tenue. Toutefois, je n'en jurerais pas, je ne le sais que par ouï-dire.

— Et qu'en est-il de la *Cour de Souabe* ? En son temps, il y avait là un dénommé Schuster.

— Il y est toujours et la maison passe pour être bonne.

— Alors c'est là que je descendrai. »

A plusieurs reprises, mon compagnon avait fait mine de vouloir se présenter, mais je ne le laissai pas arriver à ses fins. Ainsi roulions-nous à travers le paysage coloré de cette lumineuse journée d'automne.

« On est quand même plus vite rendu qu'à pied, dit l'homme d'Ilgenberg. Mais la marche est meilleure pour la santé.

— A condition d'avoir des bottes en bon état. A propos, votre cheval est un drôle de loustic, avec ses taches. »

L'homme soupira un peu, puis se mit à rire.

« Ça vous a aussi frappé ? En effet, ces taches sont ridicules. En ville, on l'a baptisé la vache ; on devrait laisser les gens se moquer, et pourtant, cela m'irrite.

— En tout cas, il est bien soigné.

— N'est-ce pas ? Il ne manque de rien. Voyez-vous, j'aime mon petit cheval. Il dresse déjà les oreilles, parce que nous parlons de lui. Il a sept ans. »

Durant la dernière heure de notre voyage, nous ne parlâmes plus guère. Mon compagnon semblait fatigué et, pour ma part, la vue de cette contrée qui, à chaque pas, me devenait plus familière, retenait captives toutes mes pensées. Quelle sensation délicieuse et angoissante que de revoir les lieux où l'on a passé sa jeunesse ! Une foule de souvenirs confus jaillissent, rapides comme l'éclair, on revit en l'espace d'une seconde et comme dans un rêve tout le déroulement d'une aventure, les choses que l'on croyait irrémédiablement perdues vous observent d'un regard familier et douloureux.

Une faible éminence, que notre attelage franchit au trot nous permit de jouir d'un large coup d'œil sur la ville. Deux églises, un rempart, le haut pignon de l'hôtel de ville dominaient gaîment l'enchevêtrement des maisons, des rues et des jardins environnants. Autrefois, je n'eusse jamais imaginé qu'un jour je saluerais avec émotion et le cœur battant le bulbe assez humoristique de ce clocheton. Brillant de son éclat cuivré, cette silhouette familière me faisait des clins d'œil, comme si elle me reconnaissait, comme si elle voulait me dire qu'elle avait déjà vu rentrer au pays bien d'autres vagabonds et risque-tout devenus avec le temps des gens modestes et rangés.

Je ne voyais pas encore les inévitables changements, les nouvelles constructions et rues des faubourgs, tout me semblait être comme autrefois et, à cette vue, je fus assailli par les souvenirs comme par un sirocco brûlant. Oui, c'était parmi ces tours et ces toits que j'avais vécu la fabuleuse époque de ma jeunesse, des journées et des nuits pleines de nostalgie, des printemps mélancoliques et merveilleux, c'était là que j'avais passé de longs hivers à rêver dans une mansarde mal chauffée. C'était ces petites rues bordées de jardins qu'au temps de mes amours j'avais arpentées la nuit de long en large, ardent et désespéré, la tête brûlante et pleine de projets aventureux. Et c'était là que j'avais connu le bonheur grâce au salut que m'avait adressé une jeune fille et aux premiers balbutiements et baisers de notre amour.

« Oui, ça traîne un peu, dit le marchand, mais dans dix minutes nous serons à la maison. »

« A la maison ! pensai-je. Tu en parles à ton aise. »

Les jardins, les images défilaient devant moi au passage du cabriolet ; je revoyais des choses auxquelles je n'avais plus jamais pensé et qui m'accueillaient comme si je ne m'étais absenté que pour quelques heures. Je ne tenais plus en place dans cette voiture.

« S'il vous plaît, arrêtez-vous un instant, j'aimerais faire le dernier bout de chemin à pied. »

Un peu étonné, le marchand tira sur les guides et me laissa descendre. Je l'avais déjà remercié, je lui avais serré la main et j'allais m'en aller lorsqu'il toussota et me dit :

« Peut-être nous reverrons-nous, si vous allez loger à la *Cour de Souabe*. Puis-je vous demander votre nom ? »

En même temps, il se présenta : il s'appelait Herschel et était, je n'en pouvais pas douter, le mari de Julie.

Je l'aurais volontiers assommé, néanmoins, je déclinai mon nom, soulevai mon chapeau et le laissai repartir. Ainsi donc, c'était là M. Herschel. Un homme agréable, riche. Quand je pensai à Julie, à la fière et splendide jeune fille qu'elle avait été, à la façon dont, à l'époque, elle avait compris et partagé mes idées et mes projets d'avenir fantastiquement audacieux, j'en eus la gorge nouée. Ma colère disparut à l'instant. L'esprit absent, profondément attristé, je longeai l'ancienne allée de marronniers aux branches nues et entrai dans la petite ville.

A l'auberge, tout était devenu un peu plus beau et plus moderne, en comparaison du passé ; il y avait même un billard et des ronds de serviette nickelés en forme de globe terrestre. L'hôtelier n'avait pas changé, la cuisine et la cave étaient restées simples et de bonne qualité. Dans la vieille cour, il y avait toujours le même érable au tronc grêle et la fontaine à double bassin dans le rafraîchissant voisinage de laquelle j'avais paressé devant une chope durant mainte soirée étouffante de l'été.

Après le repas, je me levai et flânai lentement à travers les rues à peine changées, lisant d'anciens noms bien connus sur les enseignes des boutiques ; ensuite, j'allai me faire raser, j'achetai un crayon, j'observai les façades des maisons et, longeant des palissades, j'empruntai, dans les faubourgs de la ville, des rues tranquilles bordées de jardins. Je fus saisi du pressentiment que mon voyage à Ilgenberg était une pure folie et cependant, l'air que je respirais, la présence du sol natal me semblaient autant de caresses et me berçaient de beaux souvenirs. Je parcourus toutes les rues sans exception, je grimpai dans le clocher de l'église, je déchiffrai les noms des élèves du collège classique gravés dans la charpente du beffroi, redescendis et me mis à lire les avis officiels affichés à l'hôtel de ville jusqu'au moment où il commença à faire nuit.

Après quoi je me retrouvai sur la place du Marché, démesurément grande et déserte, passai devant la longue rangée des vieilles maisons à pignons, trébuchai sur des perrons, sur des inégalités du pavage et m'arrêtai enfin devant la maison des Herschel. On venait de baisser le store de la petite boutique ; au premier étage, quatre fenêtres étaient éclairées. Je restai là, indécis, la tête levée vers la maison, fatigué et le cœur serré. Un gamin traversa la place en sifflant l'air de la *Couronne virginale* ; quand il me vit arrêté là, il cessa de siffler et m'examina avec curiosité. Je lui donnai deux sous et lui enjoignis de continuer son chemin. Ensuite survint un journalier qui m'offrit ses services.

« Merci », lui dis-je et soudain je me retrouvai avec le cordon de sonnette dans la main ; je le tirai vigoureusement.

Julie

La lourde porte d'entrée s'ouvrit avec hésitation et le visage d'une jeune servante apparut dans l'entrebâillement. Je demandai à voir le maître de la maison et l'on me conduisit au premier étage par un escalier assez obscur. Là-haut, une lampe à pétrole brûlait dans le corridor et, tandis que j'enlevais mes lunettes embuées, Herschel sortit d'une chambre et vint me saluer.

« Je savais que vous viendriez, dit-il à mi-voix.

— Comment pouviez-vous le savoir ?

— Par ma femme. Je sais qui vous êtes. Mais enlevez donc votre manteau, je vous prie. Par ici, si j'ose vous demander. C'est un plaisir pour moi — S'il vous plaît, c'est cela, oui. »

Il n'était visiblement pas à son aise, et moi non plus. Nous entrâmes dans une petite pièce où une lampe allumée était posée sur une table recouverte d'une nappe blanche et sur laquelle on avait dressé le couvert pour le repas du soir.

« Par ici, je vous en prie. Ma nouvelle connaissance de ce matin, Julie. Puis-je te présenter Monsieur...

— Je vous connais, dit Julie et, tandis que je m'inclinais, elle me fit un petit signe de tête, mais sans me tendre la main.

— Prenez place. »

Je m'assis sur un fauteuil canné et elle s'installa sur le divan. Je la regardai. Elle semblait plus robuste, mais plus petite qu'autrefois. Ses mains étaient encore belles et jeunes, son visage avait de la fraîcheur, il était plus arrondi, les traits en étaient plus accentués ; son expression était toujours aussi hautaine, mais plus bourrue et plus terne. Un reflet de sa beauté d'antan survivait encore dans les méplats de ses tempes ainsi que dans le mouvement de ses bras, un pâle reflet...

« Comment êtes-vous donc arrivé à Ilgenberg ?

— A pied, madame.

— Vous êtes ici pour affaires ?

— Non, je voulais seulement revoir une fois cette ville.

— Depuis combien de temps avez-vous quitté le pays ?

— Depuis dix ans. Vous le savez bien. Du reste, je n'ai pas trouvé la ville trop changée.

— Vraiment ? Je vous aurais difficilement reconnu.

— Et moi, je vous ai reconnue tout de suite, madame. »

M. Herschel toussota.

« Ne voulez-vous pas partager notre repas, à la fortune du pot ?

— Si cela ne vous dérange pas...

— Pas du tout. Nous ne mangerons qu'un peu de pain et de beurre. »

Il y eut cependant du rôti froid avec de la gelée, de la salade de haricots, du riz et des poires cuites. Comme boisson, on servit du thé et du lait. Le maître de la maison me passait les plats et soutenait un peu la conversation. Julie ne disait mot et me regardait de temps à autre d'un air hautain et méfiant, comme si elle avait envie de dire tout haut le véritable motif de mon voyage à Ilgenberg. Si seulement je l'avais su moi-même !

« Avez-vous des enfants ? » demandai-je, ce qui la rendit un peu plus loquace. Difficultés scolaires, maladies, problèmes d'éducation, tout y passa dans le meilleur style philistin.

« Quelle bénédiction que l'école, malgré tout ! intervint Herschel.

— Vraiment ? J'avais toujours cru qu'un enfant devait être élevé par ses parents aussi longtemps que possible.

— On voit bien que vous n'avez pas d'enfants.

— Je n'ai pas cette chance.

— Mais vous êtes marié ?

— Non, monsieur Herschel, je vis seul. »

Les haricots me restaient au fond de la gorge, ils avaient été mal effilés.

La table une fois desservie, le mari proposa d'ouvrir une bouteille de vin, ce que je ne refusai pas. Comme je l'avais espéré, il descendit lui-même à la cave, et je restai un moment seul avec sa femme.

« Julie, lui dis-je.

— Plaît-il ?

— Vous ne m'avez pas une seule fois tendu la main.

— Je pensais que c'était plus correct...

— Comme vous voudrez. Je suis heureux de voir que vous allez bien. Car vous allez bien, n'est-il pas vrai ?

— Oh ! oui, nous pouvons être contents.

— Et autrefois — dites-moi, Julie, est-ce que vous ne pensez plus jamais à autrefois ?

— Qu'attendez-vous donc de moi ? Laissons dormir les vieilles histoires ! Tout ce qui est arrivé devait arriver, et pour notre bien à tous, voilà ce que je pense. Déjà à l'époque, vous n'étiez pas tellement à votre place à Ilgenberg, avec toutes vos idées, et cela n'aurait pas pu marcher...

— Bien sûr, Julie, je ne vais pas souhaiter que les événements qui ont eu lieu ne soient pas advenus. Ce n'est pas à moi quc vous devez penser, mais à tout ce qui était beau et agréable en ce temps-là. Il s'agit quand même du temps de notre jeunesse, et c'est elle que je voulais encore une fois retrouver et regarder dans les yeux.

— Je vous en prie, parlez d'autre chose. Pour vous, c'est peut-être différent, mais pour moi, il s'est passé trop de choses entre-temps. »

Je la regardai. Toute sa beauté d'autrefois avait disparu. Elle n'était plus que Mme Herschel.

« En effet », dis-je non sans grossièreté, et je ne fus pas fâché de voir revenir son mari qui apportait deux bouteilles.

C'était un bourgogne assez capiteux et Herschel, qui n'était visiblement pas un amateur de vin, commença dès le second verre à changer de manières. Il se mit à taquiner sa femme à mon sujet.

« Tout d'abord, elle ne voulait absolument pas vous recevoir à la maison », me confia-t-il.

Julie se leva.

« Excusez-moi, je dois aller voir les enfants. La petite n'est pas tout à fait bien. »

En disant ces mots, elle sortit de la chambre et je savais qu'elle ne reviendrait pas. Son mari me fit un clin d'œil et déboucha la seconde bouteille.

« Vous n'auriez pas dû dire cela devant elle », lui dis-je sur un ton de reproche.

Il ne fit qu'en rire.

« Mon Dieu, elle n'est tout de même pas assez susceptible pour prendre cela du mauvais côté. Mais buvez donc ! Peut-être n'aimez-vous pas ce vin ?

— Je le trouve très bon.

— N'est-ce pas ? Eh bien, dites-moi, que s'est-il donc passé autrefois entre ma femme et vous ? Des enfantillages, ou quoi ?

— Des enfantillages. Mais vous feriez mieux de n'en pas parler.

— C'est vrai... en effet... je ne veux pas être indiscret. Il y a bien dix ans de cela, non ?

— Excusez-moi, il est préférable que je m'en aille maintenant.

— Et pourquoi donc si tôt ?

— Cela vaut mieux. Peut-être nous reverrons-nous encore une fois demain.

— Eh bien, si vous êtes vraiment décidé à partir. Attendez que je vous fasse de la lumière. A quelle heure viendrez-vous demain ?

— Après le déjeuner, je pense.

— Très bien, pour le café noir alors. Je vous accompagne jusqu'à l'hôtel. Non, j'y tiens absolument. Nous pourrons encore prendre quelque chose ensemble là-bas.

— Merci, je suis fatigué, j'irai tout de suite me coucher. Présentez mes respects à votre femme, en attendant. »

Devant la porte d'entrée je pris congé de lui en le repoussant en arrière et je m'en allai seul le long de la grande place du Marché et à travers les rues obscures et silencieuses. J'errai longtemps encore dans la petite ville et si quelque tuile, détachée d'un vieux toit, m'était alors tombée sur la tête, cela m'aurait tout à fait convenu. Ô, quel fou, quel fou j'avais été !

Le lendemain, je m'éveillai de bonne heure et décidai de poursuivre immédiatement ma route. Il faisait froid et le brouillard était si dense que l'on distinguait à peine l'autre côté de la rue. Grelottant, je bus mon café, payai mon repas et ma chambre et m'enfonçai à grands pas dans le silence du crépuscule matinal.

Je me réchauffai rapidement et, laissant derrière moi la ville et les jardins, je pénétrai dans un univers tout baigné de brume. C'est toujours étrange et saisissant de voir comment le brouillard sépare des choses avoisinantes et qui apparemment forment un tout, comment il enveloppe chaque forme, l'isole et l'enferme dans une solitude inéluctable. Sur la grande route, on croise un homme qui pousse devant lui une vache, une chèvre ou une charrette, ou bien qui porte un baluchon, avec son chien qui le suit en remuant la queue. On le voit venir, on lui dit bonjour et il vous salue ; mais à peine vous a-t-il dépassé, qu'à l'instant où l'on se retourne pour le regarder, on voit déjà sa silhouette devenir indistincte et disparaître dans la grisaille sans laisser de traces. Le même phénomène se produit avec les maisons, les palissades des jardins, les arbres et les murs de vigne. On croyait connaître les environs par cœur et l'on est singulièrement étonné de voir comme ce mur est éloigné de la route, comme cet arbre est grand, comme cette maisonnette est basse. Des chaumières que l'on croyait être étroitement accolées sont maintenant si distantes les unes des autres que du seuil de l'une votre regard ne porte plus jusqu'à l'autre. Et tout près de soi, on entend des gens travailler, lancer des appels, des animaux aller et venir sans qu'on puisse les voir. Tout cela a quelque chose de fabuleux, d'étrange et d'absent dont le symbolisme vous apparaît par moments avec une acuité terrifiante. On mesure à quel point les choses entre elles ou les êtres humains vis-à-vis de leurs semblables sont, au fond, et quelle que soit leur nature, inexorablement étrangers les uns aux autres et s'il arrive parfois que nos chemins se croisent et nous donnent l'impression fugitive d'une certaine parenté de nature, d'un voisinage heureux ou d'une vraie amitié, ce n'est jamais que pour une très brève durée, le temps de faire quelques pas ensemble.

Des vers me revinrent en mémoire et, tout en marchant, je me les récitai à voix basse :

Comme c'est étrange de marcher dans le brouillard !
Solitaire est chaque buisson, chaque pierre,
Aucun arbre n'aperçoit son voisin,
Chacun est bien seul.

Le monde était pour moi plein d'amis
Quand ma vie se déroulait dans la lumière ;
Maintenant que le brouillard est tombé,
Je ne distingue plus aucun d'eux.

En vérité, personne n'atteindra la sagesse
S'il ne connaît aussi les ténèbres
Qui, en silence, inexorablement,
Le séparent de toute chose.

Comme c'est étrange de marcher dans le brouillard !
La vie tout entière est solitude
Nul ne connaît son prochain
Chacun est bien seul.

FRAGMENT TIRÉ DES SOUVENIRS DE JEUNESSE

Titre original de la nouvelle

FRAGMENT AUS DER JUGENDZEIT
(Extrait de *Kunst des Müssiggangs*)

C'était l'été ; le soir tombait, recouvrant les collines de ses voiles dorés. La journée avait été chaude et lumineuse, mais à présent, on sentait passer le long des rives assombries du fleuve la fraîche haleine du vent nocturne qui venait de la montagne, chargé du capiteux parfum de miel des fleurs de tilleul. Tandis qu'en ville le trafic des voitures et les rumeurs d'une journée de travail s'apaisaient peu à peu à la tombée de la nuit, le bruissement égal et rapide des eaux sombres devenait de plus en plus distinct. D'une barque emportée au fil de l'eau s'élevait la voix d'une jeune paysanne qui chantait ; des promeneurs l'écoutaient attentivement, puis on entendait leurs rires se perdre au loin. Aux façades des maisons dont les noires silhouettes baignées d'ombre se découpaient sur un ciel clair et laiteux, brillait déjà la lueur rouge de quelques fenêtres isolées dont le reflet dessinait dans l'eau des constellations et des figures imprévues que le Rhin déplaçait et faisait danser au gré du mouvement inégal de ses vagues.

Dans ma mansarde qui dominait de très haut le cours du fleuve, l'air était encore étouffant. J'étais assis devant la fenêtre ouverte et regardais fixement le courant qui, d'une allure aussi régulière qu'irrésistible, aussi monotone qu'indifférente, poursuivait sa course vers la nuit et le lointain, exactement comme je regardais fuir les journées arides, dont chacune aurait pu et aurait dû être quelque chose d'exquis, de précieux et d'inoubliable et qui, néanmoins, avaient les unes et les autres disparu en pure perte, sans me laisser aucun souvenir.

Il en allait ainsi depuis des semaines, et je ne savais pas quand ni comment cela pourrait bien changer. J'avais vingt-trois ans et je passais mes journées dans un bureau quelconque, occupé à un travail qui me laissait complètement indifférent et où je gagnais juste de quoi louer une petite chambre sous les toits et acheter la nourriture et les vêtements indispensables. Mais durant les soirées, les nuits et les premières heures de la matinée, ainsi que le dimanche, je perdais mon temps à ruminer mon ennui dans ma chambrette, à lire les quelques livres que je possédais, à dessiner de temps à autre, à me creuser la tête à propos de quelque invention dont j'avais déjà cru venir à bout, alors que sa mise au point m'avait valu cinq, dix et vingt échecs successifs. Tout récemment, j'avais abandonné ce travail et ce soir-là, je me demandais avec étonnement ce qu'il était advenu de mon zèle, de mon goût passionné pour la création, de ma réconfortante confiance en moi-même. Parfois je faisais encore un petit effort, je sautais un repas et, avec l'argent économisé, j'achetais de quoi dessiner, un peu de papier, du pétrole pour ma lampe, mais je ne le faisais plus que poussé par le besoin de me donner le change, avec le désir, déjà teinté de scepticisme, de pouvoir passer une fois encore les heures et les soirées comme je le faisais naguère, quand l'espoir et la joie de créer me remplissaient d'une fièvre délicieuse. Mais depuis que la saison chaude était arrivée et que, même la nuit, ma mansarde restait brûlante sous la touffeur amollissante de son toit, je ne considérais plus les heures passées en dehors du bureau qu'avec le regard d'un observateur oisif et je ne voyais aucun inconvénient à ce que ces heures expirassent les unes après les autres devant moi comme des fleurs qui se fanent. Il m'arrivait de m'asseoir sur le banc d'une place publique où l'on respirait une odeur d'arbres et de gazon et quelquefois, le dimanche matin, j'éprouvais tout à coup le désir passionné de retrouver les champs, la forêt, les montagnes et l'atmosphère d'un village, car j'avais été élevé à la campagne. Pourtant, je ne suivais presque jamais ces impulsions provoquées par le mal du pays, parce que l'existence difficile que je menais et le perpétuel manque d'argent dont je souffrais m'avaient fait perdre toute spontanéité et tout esprit d'entreprise. Si la nostalgie de la maison, les souvenirs de mon enfance libre et campagnarde me tourmentaient trop violemment, alors j'écrivais à ma mère une lettre dans laquelle je lui disais que je me portais bien et que je menais une brillante existence dans la ville où je me trouvais. Ce genre de chose se produisait toutes les cinq ou six semaines et chaque fois, après avoir écrit, je me demandais pour quelle raison j'avais bien pu mentir ainsi à la seule créature au monde que j'aimasse et qui me fût attachée.

Par cette belle soirée d'été j'étais indécis et je me demandais si j'allais donner suite à une invitation du directeur Gelbke qui me conviait à une soirée familière dans son jardin. Je n'avais aucune envie de me trouver en société, d'être obligé de parler, d'écouter et de répondre à des interlocuteurs ; je me sentais trop fatigué et trop indifférent pour cela et je savais aussi que là-bas, je serais de nouveau obligé de mentir et de faire comme si je me portais bien et comme si tout était normal dans mon existence. D'autre part, je pensais à l'agrément et au réconfort que je pourrais trouver dans cette maison, car il y aurait de bonnes choses à manger et à boire et puis, au jardin, les fleurs et les arbustes embaumaient, tandis que de silencieuses allées serpentaient à travers les bosquets et vous conduisaient sous le couvert de vieux arbres. Le directeur Gelbke était, exception faite de quelques pauvres collègues de bureau, l'unique personne de ma connaissance dans cette ville. Mon père lui avait autrefois rendu un service quelconque — ou peut-être était-ce déjà au père de ce directeur — et, sur le conseil de ma mère, j'étais allé le voir deux ans auparavant ; depuis lors, cet aimable patron m'invitait de loin en loin chez lui, sans pour autant m'exposer au risque de me trouver dans une société à laquelle ne répondaient ni mon éducation ni l'état de ma garde-robe.

A l'idée que je pourrais jouir de l'air et de la fraîcheur du soir dans le jardin du directeur, l'atmosphère étouffante de mon étroite chambrette me devint absolument insupportable, de sorte que je résolus d'accepter l'invitation. J'endossai mon meilleur habit, nettoyai mon col de chemise à l'aide d'une gomme, brossai mon pantalon et mes bottes et fermai la porte à clé derrière moi, bien qu'aucun voleur n'eût trouvé la moindre chose à dérober dans ma chambre. Un peu fatigué, comme je l'étais toujours à cette époque, je descendis la petite rue en pente, déjà sombre, passai le pont encore très animé et m'engageai dans les calmes avenues du quartier résidentiel où se trouvait la maison du directeur, située presque en dehors de ville ; c'était une modeste maison de maître d'ancien style, à demi campagnarde, flanquée de son jardin entouré de murs. Mélancolique et le cœur un peu oppressé, je levai les yeux, comme je l'avais fait maintes fois, sur cette demeure large et basse, sur le porche encadré de rosiers grimpants, puis vers les fenêtres cossues aux larges rebords et je tirai doucement la sonnette. Une servante m'ayant ouvert, je pénétrai dans la demi-obscurité du vestibule avec l'embarras et l'appréhension qui s'emparaient de moi chaque fois que j'allais rencontrer des personnes que je ne connaissais pas. Jusqu'au dernier moment, j'avais nourri le faible espoir de trouver M. Gelbke seul chez lui avec sa femme ou peut-être avec ses enfants ; mais déjà des voix étrangères m'arrivaient du jardin et je traversai avec hésitation la petite véranda d'où l'on accédait aux allées qui n'étaient éclairées que par la lueur incertaine de lanternes en papier.

La maîtresse de maison vint à ma rencontre, me tendit la main et me conduisit à travers une haute charmille jusqu'à un rond-point où la société se trouvait réunie à la lumière des lampes autour de deux tables. Le directeur me salua avec sa cordialité et son entrain habituels ; plusieurs amis de la maison me firent un signe de reconnaissance, quelques-uns des invités se levèrent, j'entendis prononcer des noms, je murmurai des salutations, je m'inclinai devant quelques dames dont les robes claires scintillaient doucement à la clarté des lampes et qui posèrent leurs regards sur moi pendant un instant ; puis on me donna une chaise et je me trouvai assis à l'un des petits côtés d'une table, entre une vieille demoiselle et une jeune et gracile personne. Les dames pelaient des oranges, mais on plaça devant moi des beurrées, du jambon et du vin. La vieille fille me considéra un moment puis me demanda si je n'étais pas philologue et si elle ne m'avait pas déjà rencontré à tel et tel endroit. Je lui répondis négativement et lui déclarai que j'étais commerçant, ou plutôt technicien et je commençai à lui donner quelque idée du genre d'homme que j'étais ; mais quand je vis que très vite, elle regardait de nouveau ailleurs et que manifestement elle ne m'écoutait pas, je me tus et me mis en devoir de manger les bonnes choses qu'on m'avait offertes. Comme personne ne vint me déranger, je passai un bon quart d'heure à profiter de l'aubaine exceptionnelle que représentait pour moi un repas du soir aussi copieux et aussi raffiné. Ensuite, je bus lentement un verre de bon vin blanc et je restai là, inoccupé, à attendre de voir ce qui allait se passer.

Alors la jeune femme qui se trouvait à ma droite et avec laquelle je n'avais pas encore échangé un seul mot se tourna soudain vers moi et m'offrit la moitié d'une orange déjà pelée qu'elle tenait dans le creux de sa main fine et souple. Tandis que je la remerciais et prenais le fruit, je me sentis extraordinairement joyeux et bien disposé et je songeai qu'une personne inconnue ne pouvait pas choisir une plus charmante manière de se rapprocher d'un autre inconnu qu'en lui faisant cette offrande si simple et si belle. C'est à ce moment-là seulement que je me pris à considérer ma voisine et je vis une ravissante et gracieuse jeune fille, à peu près de ma taille, ou légèrement plus grande que moi, aux formes un peu grêles et au beau visage allongé. Du moins, c'est ainsi qu'elle m'apparut à cet instant, car, plus tard, j'eus tout loisir de remarquer que si ses membres semblaient en effet très délicats et sa silhouette très élancée, la jeune fille n'en était pas moins robuste, agile et sûre d'elle. Aussitôt qu'elle se leva et que je la vis se déplacer d'un endroit à l'autre, l'impression d'une fragilité qui requiert protection disparut de mon esprit, car son allure et ses mouvements étaient ceux d'une jeune fille posée, fière et indépendante.

Je mangeai ma moitié d'orange avec componction et me donnai la peine de dire quelques mots polis à la jeune fille afin d'apparaître à ses yeux sous les traits d'un homme relativement honnête. Car un soupçon m'avait soudain traversé l'esprit : elle avait dû m'observer quelques instants auparavant, pendant mon repas silencieux, et me prendre soit pour un rustre à qui la nourriture fait oublier la présence de ses voisins de table, soit pour un pauvre affamé, et cette dernière supposition m'était aussi la plus douloureuse car elle ressemblait désespérément à la vérité. Mais son joli geste perdait alors sa signification première et devenait un badinage, peut-être même une dérision. Cependant, mon soupçon ne semblait pas fondé. Du moins, la jeune personne continua-t-elle à parler et à évoluer avec un calme imperturbable ; elle s'intéressait à mes propos, y répondait poliment et ne faisait absolument rien qui pût me faire penser qu'elle m'avait pris pour un glouton inculte.

Cependant notre entretien me sembla assez laborieux. En ce temps-là, j'avais autant d'avance sur la plupart des jeunes gens de mon âge en ce qui concerne une certaine expérience de la vie que de retard pour tout ce qui touche à la formation extérieure de l'individu et aux usages du monde. Une conversation galante avec une jeune femme aux manières raffinées était toujours une entreprise hasardeuse pour moi. Aussi ne tardai-je pas à remarquer que la belle jeune fille avait deviné que je souffrais d'un complexe d'infériorité et me traitait avec ménagement. Cette découverte augmenta mon ardeur, mais ne m'aida pas le moins du monde à surmonter mon pesant embarras ; elle ne fit que me plonger dans la confusion, de sorte que malgré le rafraîchissant épisode du début, je tombai bientôt dans un fatal état de dépit et de découragement. Et lorsque après un moment, la dame se tourna vers l'autre table et se mêla à la conversation de ses amis, je ne fis aucune tentative pour la retenir auprès de moi et je restai à ma place, sombre et buté, tandis qu'à présent chacun conversait avec animation et plaisantait avec ses voisins. On me tendit un caisson de cigares ; j'en pris un et, mal à l'aise, sans dire un mot, je me mis à fumer dans la nuit bleuissante. Au moment où plusieurs invités se levèrent et commencèrent à se promener en bavardant à travers les allées du jardin, je me levai aussi tout doucement et, me retirant un peu à l'écart, j'allai me poster avec mon cigare derrière un arbre où personne ne pouvait me déranger et d'où je pouvais regarder de loin les réjouissances.

Avec mon formalisme habituel dont, par malheur, je n'ai jamais pu me corriger, j'enrageais et me reprochais mon attitude follement obstinée, sans néanmoins être capable de surmonter ce défaut. Comme personne ne se souciait de moi et que je ne pouvais me résoudre à opérer un retour naturel auprès des invités, je demeurai bien une demi-heure dans mon inutile cachette et n'en sortis avec hésitation que lorsque le maître de la maison m'appela. Le directeur m'entraîna jusqu'à sa table, me posa avec bienveillance quelques questions sur mon genre de vie, sur mon état de santé, questions auxquelles je me contentai de donner des réponses évasives et je retrouvai peu à peu ma place dans le mouvement général de la soirée. Il est vrai qu'en raison de mon éclipse irréfléchie, une petite punition ne me fut pas épargnée. A présent, la jolie jeune fille était assise en face de moi et j'eus la possibilité de la regarder plus longuement ; plus elle me plaisait, plus je regrettais ma désertion et je tentai, à plusieurs reprises, de renouer avec elle. Mais son expression était devenue hautaine et elle ne prêtait aucune attention aux timides efforts que je faisais pour entamer un nouveau dialogue. Une seule fois, son regard rencontra le mien et j'aurais pu m'attendre à ce qu'il fût dédaigneux ou maussade, mais il n'exprimait que froideur et indifférence.

Une fois de plus je fus envahi par le sentiment détestable de la grisaille quotidienne, du vide, de la misère et du scepticisme. Je regardai le jardin avec ses allées doucement éclairées, ses masses de feuillages sombres, les tables recouvertes de nappes blanches, les lampes, les coupes de fruits, les fleurs, les poires et les oranges ; je voyais les hommes bien habillés, les femmes et les jeunes filles en jolies blouses claires, les dames dont les mains blanches jouaient avec des fleurs, je humais l'arôme des fruits et de la fumée bleue que faisaient les excellents cigares du directeur, j'entendais des gens polis et raffinés parler avec animation — et tout cela me semblait infiniment lointain, en dehors de mon univers, inaccessible et même interdit. J'étais l'intrus, l'étranger qu'on tolère avec politesse et peut-être avec compassion, issu d'un monde médiocre et pitoyable. J'étais un pauvre petit travailleur anonyme qui, pendant quelque temps, avait rêvé d'une ascension vers une existence plus libre et plus belle, mais qui, depuis longtemps, était retombé dans les dures réalités de sa condition sans espoir.

C'est ainsi qu'une belle soirée d'été, agrémentée d'une joyeuse compagnie, se passa pour moi dans un état de malaise désespérant que, par dépit, j'aggravai encore en me torturant moi-même, au lieu de jouir tranquillement de cet agréable entourage. Vers onze heures, lorsque les premiers invités commencèrent à se retirer, je me hâtai à mon tour de prendre congé de mes hôtes et rentrai par le plus court chemin à la maison pour gagner mon lit, car, depuis quelque temps, j'étais en proie à une lassitude et à une envie de dormir quasi permanentes contre lesquelles je devais très souvent lutter pendant mes heures de travail et auxquelles je succombais à tout moment et malgré moi dans mes moments de loisir.

Quelques jours s'écoulèrent ainsi dans la routine habituelle. La conscience de vivre dans des circonstances exceptionnellement tristes s'était déjà effacée en moi ; je continuais à végéter dans un état d'indifférence morne et résignée, sans penser à rien et je n'éprouvais aucun regret à voir les journées et les heures glisser derrière moi, dont chacune représentait cependant un petit fragment à jamais perdu de ma jeunesse et de mon existence. J'agissais avec la régularité d'un mouvement d'horlogerie, je me levais à l'heure, je partais pour le bureau, j'en revenais, j'accomplissais mon modeste travail, j'achetais du pain et un œuf pour mon repas, retournais au bureau et, le soir, je m'affalais devant la fenêtre de ma mansarde où je m'endormais le plus souvent. Je ne pensais plus à la soirée passée dans le jardin du directeur. Généralement, les journées s'écoulaient sans laisser aucun souvenir derrière elles et si, de temps à autre, il m'arrivait par hasard la nuit dans mes rêves, d'être reporté à une autre époque de mon existence, il s'agissait alors de souvenirs d'enfance éloignés qui résonnaient comme les échos d'une vie antérieure oubliée et devenue légendaire.

Ce fut un jour vers midi, au moment de la plus grosse chaleur, que le destin se rappela à mon souvenir. Un Italien vêtu de blanc, agitant une clochette ; poussait une petite voiture bringuebalante à travers les rues et vendait des glaces. Je sortis à l'instant de mon bureau et, pour la première fois depuis des mois, je cédai à une soudaine envie. Oubliant mes scrupuleuses règles d'économie, je tirai une pièce de mon porte-monnaie et me fis remplir un petit gobelet en carton d'une glace aux fruits rougeâtre que j'allai manger gloutonnement dans l'allée de la maison. La brusque sensation de froid me parut délicieuse et je me rappelle avoir léché avec gourmandise le petit gobelet humide. Rentré chez moi, je mangeai là-dessus ma ration de pain habituelle, rêvassai un moment dans un état de demi-sommeil puis retournai au bureau. Arrivé là, je ressentis un malaise et fus bientôt saisi de cruelles douleurs d'estomac ; je me cramponnai à mon pupitre et endurai pendant quelques heures un supplice que j'essayai de dissimuler de mon mieux. A la sortie du bureau, je courus chez un médecin ; comme j'étais inscrit à une caisse de maladie, on m'envoya chez un autre docteur qui était justement en vacances, de sorte que je dus encore me rendre chez son remplaçant ; celui-ci était à la maison. C'était un homme jeune et affable, qui me traita d'égal à égal. Après que j'eus répondu de façon assez précise à ses questions objectives sur ma situation personnelle et mon genre de vie, il me conseilla d'aller dans un hôpital où je serais mieux soigné que dans mon piètre logement. Et comme je n'arrivais pas à maîtriser complètement les douleurs que je ressentais, il me dit en souriant : « Il ne vous est encore jamais arrivé d'être gravement malade ? » En réalité, je n'avais pas eu une seule maladie depuis ma dixième ou ma onzième année. Le médecin ajouta, presque fâché : « En vivant comme vous le faites, vous vous tuez littéralement. Si vous n'étiez pas aussi coriace, il y a longtemps que votre façon de vous alimenter aurait dû vous rendre malade. A présent, vous recevez une bonne leçon. » A vrai dire, je pensai que cet homme, avec sa montre et ses lunettes d'or, avait beau jeu de parler, mais je constatai néanmoins que l'indignité de ma situation pendant ces derniers mois avait bel et bien eu des causes réelles et j'en ressentis un certain soulagement moral. Cependant les violentes douleurs que j'éprouvais ne me laissèrent pas le temps de réfléchir ni de reprendre haleine. Je pris le billet que le docteur me tendit, le remerciai et m'en allai afin de prendre les quelques dispositions nécessaires ; après quoi je me rendis à l'hôpital où j'employai mes dernières forces à tirer la sonnette et où je fus obligé de m'asseoir sur les marches pour ne pas m'évanouir.

Je fus reçu d'une façon assez bourrue ; comme on remarqua tout de même l'état d'abandon dans lequel je me trouvais, on me fit prendre un bain tiède puis on me mit au lit où je perdis toute conscience et sombrai dans une torpeur où la souffrance m'arrachait de faibles gémissements. Trois jours durant, j'eus l'impression que j'allais mourir ; je m'étonnais et me plaignais que cela se fît si laborieusement, avec une telle lenteur et dans de telles souffrances. Chaque heure me paraissait interminable et lorsque ces trois jours furent écoulés, je crus que j'étais là depuis des semaines. Je pus enfin dormir pendant quelques heures et, au réveil, j'avais retrouvé la notion du temps et la conscience de mon état. Cependant, je remarquai aussi à quel point j'étais faible, car chaque mouvement me fatiguait et le seul fait d'ouvrir et de fermer les yeux me semblait être un petit travail à exécuter. Lorsque la sœur s'approcha de mon lit pour me donner des soins, je lui adressai la parole en croyant lui parler aussi fort qu'à l'ordinaire, mais elle fut obligée de se pencher sur moi pour m'entendre et, même ainsi, elle eut beaucoup de peine à me comprendre. A ce moment-là, je me rendis compte que je n'allais pas me remettre rapidement et je me résignai sans trop de peine et pour une période indéterminée, à dépendre comme un enfant des soins prodigués par des mains étrangères. Il fallut beaucoup de temps pour que mes forces commencent à reprendre le dessus, d'autant plus que la moindre petite bouchée de nourriture continuait à me causer des douleurs et des complications, même s'il ne s'agissait que d'une cuillerée de bouillon.

Pendant cette étrange période et à mon grand étonnement, je n'éprouvai ni tristesse ni colère. La morne absurdité de l'existence déprimée que j'avais menée durant les mois qui avaient précédé ma maladie m'apparaissait toujours plus clairement. Je tremblais à l'idée de ce qui aurait pu m'arriver et me réjouissais du fond du cœur d'avoir retrouvé ma conscience. C'était comme si, après avoir été plongé longtemps dans un profond sommeil, je m'étais enfin réveillé et je laissais dès lors vagabonder mon regard et mes pensées avec un plaisir tout neuf. En outre, de toutes les impressions et les expériences embrumées qui avaient peuplé cette période tristement crépusculaire de ma vie, seules quelques-unes, que je pensais avoir à peu près oubliées, surgirent devant moi avec un relief étonnant et parées de couleurs fulgurantes. Parmi ces images dont je me délectais secrètement dans cette salle d'hôpital, la première de toutes était celle de la gracile jeune fille qui était assise à mes côtés dans le jardin du directeur Gelbke et qui m'avait offert la fameuse orange. Je ne connaissais pas son nom, mais, dans mes bons moments, je parvenais à évoquer sa personne tout entière et son ravissant visage avec une netteté qui me la rendait aussi familière que s'il s'était agi d'une vieille connaissance ; je me rappelais ses gestes, sa manière de parler, le timbre de sa voix et tous ces détails composaient une image dont la suave beauté me faisait du bien et me réchauffait le cœur, impression toute proche de celle qu'éprouve un enfant auprès de sa mère. Il me semblait que je devais l'avoir déjà vue et rencontrée autrefois et cette charmante apparition, sans se soucier des anachronismes, fut bientôt présente dans tous mes souvenirs, même dans ceux de mon enfance, telle une compagne affranchie des lois temporelles. Je contemplais avec un plaisir toujours renouvelé cette gracieuse figure qui, d'une manière tout à fait inattendue, m'était devenue si chère et si proche, et j'acceptai l'intrusion de cette silencieuse présence dans mon univers psychique avec beaucoup de naturel et d'insouciance, mais aussi avec gratitude, comme un homme habitué à jouir des fleurs de cerisier au printemps et de l'odeur du foin en été, sans surprise ni émotion particulières et cependant avec une intime satisfaction.

Toutefois, ces relations innocentes et sans prétentions avec cette belle image de rêve ne se prolongèrent pas au-delà de la période où je me trouvai le plus affaibli et comme coupé du monde extérieur. Aussitôt que j'eus retrouvé quelques forces, que je pus supporter un peu de nourriture et que je fus capable de me retourner dans mon lit sans être complètement épuisé, l'image de la jeune fille se retira pour ainsi dire pudiquement à quelque distance et à cet amour pur et sans passion succéda un désir plein de nostalgie. A présent, j'éprouvais toujours plus souvent et à l'improviste l'irrésistible envie de prononcer le nom de cette charmante personne, de le murmurer tendrement ou de le fredonner à voix basse, et la pensée que je ne connaissais pas ce nom devint pour moi un véritable supplice. Au cours de mes rêveries, j'avais joué avec elle comme avec une petite sœur chérie ; mais à présent, j'avais le cœur douloureusement serré en songeant qu'elle ne savait rien de moi, que j'étais un inconnu pour elle, un inconnu dont peut-être elle n'accepterait même pas le salut et n'y répondrait sûrement pas, un individu dont elle gardait même un mauvais et désobligeant souvenir. Ainsi s'écoulaient les jours tandis que, couché sur mon lit d'hôpital, j'avais l'esprit constamment occupé par cette personne sans que je connusse pourtant rien d'autre d'elle que son aspect extérieur et les quelques mots que je lui avais entendu prononcer lors de cette fameuse soirée.

Quelques menus événements interrompaient de temps à autre et pour une brève durée ces relations imaginaires et singulièrement unilatérales avec mon inconnue. Tout d'abord, je reçus une lettre de ma mère qui me fit une étrange impression, car elle ne savait rien de ma maladie. Elle répondait plutôt naïvement à ma dernière missive où je lui donnais des nouvelles mensongères et pleines de forfanterie, de sorte que je me vis moi-même, ainsi que mes précédents désordres, comme dans un miroir. Je me sentis terriblement éloigné d'elle, depuis que j'avais entre-temps frôlé la mort et que j'étais parvenu, à travers mes maux psychiques, à une véritable guérison intérieure. Honteux, je cachai la lettre sous mon oreiller et résolus, à la première occasion, de réparer mes torts ou du moins de confesser l'inexactitude de mes propos.

Sur ces entrefaites m'arriva un message envoyé par mon patron et qu'on m'avait retenu pendant toute une semaine. Il m'expédiait le modeste reliquat de salaire que j'avais réclamé et en même temps, m'informait que j'étais congédié de mon petit emploi. Cette nouvelle me laissa froid, bien que je n'eusse pas la moindre idée de la façon dont j'allais désormais gagner ma vie. Je ressentais avec une telle intensité la joie d'avoir été violemment arraché à la misère et au vide de mon existence, que les soucis matériels n'avaient aucune prise sur moi.

Puis, un jour, à l'heure des visites, je vis entrer dans la salle une dame avec chapeau et ombrelle en qui je reconnus, à mon grand étonnement, la femme du directeur Gelbke. Elle avait un bouquet de fleurs à la main et fut accueillie par l'infirmière de service. Comme je me sentais gêné et ne voulais pas être reconnu — car je pensais qu'elle était venue voir quelque autre malade — je mis ma tête sous mon drap et me tins caché. Mais elle se dirigea tout droit vers mon lit auprès duquel elle s'arrêta. Quand je l'entendis demander à l'infirmière si je dormais, je me retournai et lui tendis la main. Je vis qu'elle était frappée par mon apparence et, tandis qu'elle me questionnait avec bonté et compassion et qu'elle me reprochait de ne pas l'avoir informée des mauvaises conditions dans lesquelles je vivais, je me sentis malgré tout extraordinairement heureux de voir que quelqu'un demandait de mes nouvelles et prenait part à mes ennuis de santé. Elle me donna alors quelques magnifiques roses, cadeau à double tranchant, car avec le parfum de ces fleurs, le souvenir de toutes les bonnes choses qui existaient en dehors de l'hôpital m'envahit brusquement. C'est à partir de ce moment-là que je me remis à penser au monde qui m'entourait et que j'attendis l'heure de ma libération avec l'impatience d'un prisonnier.

En même temps que l'intérêt pour le monde extérieur, s'éveillait en moi un sentiment de fraternité pour mes compagnons de souffrance et je commençai à regarder plus souvent autour de moi dans la salle et spécialement vers mes voisins de lit. L'un d'entre eux, mon voisin de gauche, m'est resté dans la mémoire et mérite que je ne l'oublie pas. Il y a probablement fort longtemps qu'il est enterré dans le cimetière de l'hôpital et son nom à résonance humoristique ne doit plus figurer que sur les fiches périmées et jaunies de l'époque. Il s'appelait Eustache Zizibin et était tailleur ambulant ou plutôt il l'avait été, car ses pérégrinations avaient trouvé leur terme et il n'a certainement pas quitté cette salle autrement que mort. Il connaissait bien son état, sans néanmoins en éprouver de tristesse car il n'y était pas enclin de nature. De quoi il souffrait, je ne le sais pas et crois bien ne l'avoir jamais su, car il ne parlait pas de sa maladie. Il devait avoir un peu plus de quarante ans, et son ami Hein l'avait bien dessiné, mais sur ce croquis, sa tête décharnée ressemblait déjà au crâne d'un squelette. Son âme était candide, il était resté pareil à un enfant plein de vivacité et il me donnait souvent l'impression de n'avoir jamais rencontré que des choses gaies dans sa vie, ou peut-être n'avait-il jamais eu d'aptitude pour ce qui n'était pas amusant. « Je n'ai jamais voulu me presser dans la vie, dit-il une fois avec humour, et maintenant aussi, je prends tout mon temps pour mourir. »

Je crois qu'il était originaire de Silésie et au cours de ses vingt années d'errance, les dialectes des différentes provinces allemandes avaient tous plus ou moins déteint sur lui, phénomène que l'on peut observer chez les marchands de trappes à souris et les rétameurs, mais plus rarement chez les véritables artisans. Souvent il se mettait à rire tout seul et silencieusement dans son lit et quand on lui demandait pourquoi il riait, il disait : « Parce que je pense tout à coup à quelque chose », et il commençait à parler d'un étrange patron de Landshut chez lequel il avait travaillé quelque temps, ou bien il narrait une aventure qui lui était arrivée au temps de son compagnonnage dans le Harz, se rappelait le perroquet d'une veuve de Bruchsal où il avait logé un temps car cette femme était tombée amoureuse de lui. Le souvenir de ce perroquet le réjouissait tout spécialement, il y pensait souvent et quand il en parlait et se mettait à imiter la voix rauque, bizarrement nasale du volatile, c'était un plaisir de voir la joie innocente qu'il y prenait. A ce moment-là, il m'avait fait beaucoup rire mais plus tard, aux heures douloureuses de la vie, je devais souvent penser à lui avec admiration et même avec respect en songeant avec quelle patience et avec quelle résignation il avait supporté son sort et comment, alors même qu'il était à l'article de la mort, il nous avait divertis par ses propos et réconfortés par son attitude, nous autres qui allions recouvrer la santé à brève échéance.

Ce fut aussi à cause de lui que je me mis à méditer occasionnellement sur la mort, ce que je n'avais jamais fait jusque-là. Mes réflexions concernaient moins la mort elle-même que la merveilleuse énigme de la vie. Pour la première fois, je pris conscience du mystère que constitue notre apparition à la surface lumineuse de l'existence physiologique et spirituelle, surgie hors des ténèbres des générations passées et destinée comme elles à retourner bientôt au sein des mêmes ténèbres. A ce propos, je ne me tourmentais guère pour savoir si je devais nommer ces ténèbres Néant ou Éternité ; le simple fait d'exister m'occupait déjà suffisamment, car j'avais cessé de considérer la vie comme une chose qui allait de soi et j'y voyais davantage l'effet d'un heureux concours de circonstances qui méritait notre gratitude. Ces préoccupations répondaient bien à l'état d'esprit d'un homme en bonne voie de guérison et amoureux par-dessus le marché ; je me sentais en pleine forme et désormais capable de faire valoir mes talents et de mesurer le prix du temps avec une plus scrupuleuse attention. Il me semblait sage et méritoire de ne pas se laisser frustrer de la jouissance du moment présent par la pensée de la mort, à l'exemple du joyeux tailleur Zizibin, et je résolus, à l'avenir, de prononcer son nom dans mes moments de contrariété pour me rappeler les préceptes d'un élémentaire art de vivre. Cependant malgré toutes mes résolutions, je ne suis pas arrivé à changer ma nature, je suis resté comme j'étais et il en est allé de mes beaux projets comme il en va ordinairement de toutes les bonnes intentions.

Toujours est-il qu'en jonglant ainsi avec mes pensées et mes résolutions, je parvins à surmonter de temps à autre mes mouvements d'impatience, qui étaient alors assez fréquents. Selon toute probabilité, je n'eusse pas fait preuve d'une telle nervosité si j'avais pu retrouver, après ma guérison, des conditions de vie auxquelles j'aurais été habitué depuis longtemps. Mais j'allais véritablement au-devant d'une nouvelle existence, car il me faudrait chercher un gagne-pain et, de plus, j'étais amoureux. Je remarquai avec étonnement à quel point j'avais intérieurement changé pendant la brève période écoulée depuis le début de ma maladie. Autrefois je m'étais imaginé avoir fait preuve de libéralisme et d'indépendance parce qu'étant issu d'un milieu campagnard et d'une famille traditionnellement pieuse, j'avais abouti à travers mes lectures et mes doutes à l'incroyance et à l'affirmation consciente de la suprématie de l'intellect. A présent, je sentais que même cette philosophie pleine d'assurance, toute modeste qu'en fût la portée, avait perdu sa valeur à mes yeux ; ce n'était pas un nouveau dogme qui avait pris sa place, mais le sentiment libérateur de l'insuffisance de toute profession de foi auquel s'ajoutaient une ardente curiosité, une soif de connaître ce qui pourrait bien m'arriver encore dans cette singulière existence et quelle sorte d'homme je pourrais devenir un jour.

Comme je ne pouvais pas bien, dans mon lit, donner forme à cette nouvelle manière de penser, je laissai divaguer les réflexions et les sentiments divers qui se succédaient dans mon esprit et finalement j'écrivis au crayon, d'une main encore incertaine, une très longue lettre à ma bonne mère, dans laquelle je croyais exprimer tout ce qui s'était passé en moi depuis quelque temps. Mais lorsque le lendemain, je relus ce grimoire et voulus le donner à l'infirmière pour qu'elle le mît à la poste, l'image de ma mère se présenta soudain distinctement à mon esprit. Je voyais cette grande femme maigre, aux cheveux à peine grisonnants, vaquer à sa besogne dans notre maison, je la voyais préparer la pâture des animaux, ramener de la fontaine la pesante bassine qu'elle y avait remplie ; je la voyais assise dans la chambre, ouvrant ma lettre à l'aide d'une aiguille à tricoter et tenir la page tout près de ses yeux bleu clair, au regard sévère. Alors mes phrases subtiles et néanmoins obscures me semblèrent aussi dépourvues de sens que superflues et je déchirai ma lettre en petits morceaux.

Je pus bientôt me lever et passer quelques heures dans le jardin de l'hôpital, mais à la vue des toits par-dessus le mur, du ciel, des oiseaux voltigeants et des nuages qui passaient, mon attente et mon impatience ne firent qu'augmenter jusqu'à devenir un véritable tourment. Au-delà de ce mur, il y avait la ville, la liberté, il y avait les rues où je me voyais déjà luttant pour l'existence avec un plaisir renouvelé et où, quelque part dans une maison inconnue, devait sans doute habiter la mince et charmante jeune fille.

En attendant, l'infirmière et le médecin me prodiguaient leurs conseils et me proposaient quelques règles de vie. On ne me cacha pas que si mon système digestif était pour le moment rétabli, ma belle santé d'autrefois s'en était allée et que si je ne me contrôlais pas sévèrement, on ne pouvait répondre de rien. J'écoutai la liste des restrictions que l'on imposait à ma liberté toute proche avec un certain dépit, bien que je n'éprouvasse à ce moment-là aucune déférence particulière à l'égard de mon estomac et de mon intestin et lorsque je fus enfin libéré et que je me retrouvai marchant dans les rues ensoleillées de l'été, sur le chemin de mon ancien logis, je me sentis aussi rayonnant de bonheur et le cœur aussi jubilant que jadis, au temps de mon insouciante jeunesse.

J'avais juste assez d'argent pour payer les termes échus. Tout me semblait neuf, gai et encourageant dans ma chambre et je ne comprenais pas comment j'avais pu vivre là des moments si désespérés. Mes papiers et mes dessins, eux aussi, avaient perdu leur aspect défaitiste. Je ne doutai plus de parvenir à mettre au point mon invention et si c'était un échec, d'en concevoir une autre.

Le lendemain, je mis des vêtements propres et me rendis chez le directeur Gelbke. Ce brave monsieur me reçut plus cordialement que jamais, s'informa de ma santé, des moyens d'existence qui me restaient et m'offrit son aide. Je n'étais cependant pas disposé à accepter les secours de quiconque, sauf de ma mère et je dépeignis ma situation sous le meilleur jour possible à cet homme aimable. Je l'informai de ma décision de rentrer immédiatement chez ma mère et d'après la description que je lui en fis, ce retour ressemblait beaucoup plus à un voyage d'agrément qu'à la retraite d'un crève-la-faim qui regagne son ancienne tanière.

« Soit ! s'écria le directeur en souriant, mais avant de partir venez donc nous voir un soir ! Demain nous recevons quelques intimes, voulez-vous être des nôtres ? »

J'acquiesçai avec empressement en songeant à ma belle jeune fille et je quittai la maison du directeur d'un pas hésitant, comme un enfant qui sort d'une confiserie. Je pouvais bien passer encore la journée du lendemain en ville, même si je n'avais pas un sou vaillant ; du reste, j'avais l'intention de faire la route à pied pour retourner chez ma mère, selon la vieille coutume des artisans. Tout d'abord, je rentrai à la maison et écrivis à ma mère pour lui annoncer que mon retour était imminent et que je comptais rester quelque temps chez elle. Puis j'allai me promener en dehors de la ville et, pour la première fois depuis bien longtemps, je m'étendis sur le rivage dans l'herbe fleurie. A cet endroit, la forêt très dense arrivait jusqu'au bord du fleuve et le Rhin d'un beau vert clair se traînait le long de sa lisière sur une distance de plusieurs lieues ; depuis quelques années cependant, on avait construit là des digues et des parapets. Je pris un bain dans ce beau coin de nature sauvage et me reposai ensuite pendant une ou deux heures à l'ombre des hêtres ; entre-temps, je dévorai le pain que j'avais apporté et, par tous mes sens renouvelés, j'aspirai en moi la lumière et les bruissements de la forêt. Dans ma joyeuse impatience, je voulus aussi demander un signe quelconque à la fortune et je jetai des branches dans le courant pour tenter de déchiffrer mon avenir d'après la direction qu'elles prendraient. Les branches ne se dirigèrent ni vers la droite ni vers la gauche mais filèrent directement devant elles. Après quoi je décidai de rattacher ma chance à un signe d'un caractère plus relevé. Si le lendemain soir, mon souhait se réalisait et si la jeune fille se trouvait de nouveau présente à la réunion, j'étais résolu à y voir le signe que ma nouvelle existence était placée sous une bonne étoile.

Après avoir conclu ce pacte avec mon destin, je quittai ce site plein de fraîcheur et rentrai en ville où je passai la journée du lendemain à faire de menus préparatifs de voyage et à me livrer à de futiles passe-temps dans un état d'attente inquiète jusqu'à ce que sonnât enfin l'heure ardemment désirée de l'invitation. Un peu troublé, je me dirigeai lentement vers la maison du directeur.

Une fois de plus, je pénétrai dans la demi-obscurité attiédie du jardin et de ses hauts bosquets, mais cette fois-ci, une seule table occupait le rond-point. Comme j'étais le premier arrivé, je me promenai un moment dans les allées en conversant avec le directeur. Bientôt la sonnette retentit et un jeune étudiant que je connaissais déjà entra, puis ce fut le tour d'un cousin du directeur et de sa femme et, à peine ceux-ci s'étaient-ils salués que ma belle apparut, vêtue d'une légère robe blanche parsemée de pois brun clair. A la vue de celle que j'avais chaque jour et pendant des semaines évoquée dans mon imagination, je me sentis violemment troublé et, lorsque je la saluai et lui tendis la main et qu'elle la prit distraitement, avec indifférence, en me faisant un léger signe de la tête, je me rendis compte tout à coup que dans mon aveuglement, je m'étais représenté notre rencontre d'une façon toute différente. Celle avec qui j'avais pris l'habitude de m'entretenir en pensée pendant la moitié de la journée et qui m'était devenue si familière se tenait là devant moi comme une inconnue, et pourtant sa présence matérielle me réchauffait et me réjouissait davantage le cœur que ne l'avaient fait mes plus beaux rêves.

Nous étions au complet maintenant ; la grosse lampe de la table fut allumée et l'on apporta une collation. Sans attendre d'y être invité, j'avais pris place à côté de la charmante personne et la première parole qu'elle m'adressa fut très aimable et me prouva qu'elle se souvenait encore de moi.

« Vous avez changé, dit-elle, je m'en aperçois seulement maintenant, à la lumière de la lampe.

— J'ai été un peu souffrant », dis-je, tout heureux.

Mais la maîtresse de maison, qui était assise en face de moi, m'interrompit :

« Un peu... ? Et pourtant il s'en est fallu d'un cheveu qu'il ne meure sans avoir le temps de nous donner sa bénédiction !

— Vous n'auriez pas tardé à l'apprendre, répliquai-je.

— C'était donc si grave que cela ? demanda la jeune fille et, tandis que je m'efforçais de lui peindre ma mésaventure comme une chose insignifiante et tentais de détourner la conversation, je découvris que la demoiselle avait travaillé autrefois une année entière dans une clinique comme infirmière bénévole.

— C'est là qu'il y a beaucoup de choses pénibles à supporter, dit la maîtresse de maison ; ma voisine approuva d'un signe de tête et répliqua aussitôt :

— Bien sûr, mais on voit également beaucoup de choses réjouissantes ! Au début, j'étais complètement démoralisée à la vue de tant de souffrances et de douleurs, mais par la suite je fus souvent étonnée de voir tout ce que les gens peuvent supporter et le calme intérieur que beaucoup d'entre eux parviennent à conserver. N'avez-vous pas fait la même expérience ? »

Alors je me mis à raconter avec une sorte de ferveur l'histoire du tailleur silésien Zizibin et je m'étonnai moi-même de l'aisance et de la rapidité avec lesquelles mes paroles s'échappaient de mes lèvres, pour la seule raison que ma voisine m'écoutait en souriant et manifestait son intérêt par une mimique pleine de vivacité. Au cours de la conversation, à laquelle l'hôtesse prenait souvent part en s'adressant à la jeune fille, j'appris aussi le nom de cette dernière et la suave musicalité de ce nom frappa mon oreille tandis qu'il se glissait dans mon cœur où je le conservai comme un trésor longtemps recherché. Elle s'appelait Élisabeth Chevalier et la juxtaposition du prénom germanique et du nom de famille latin me parut d'une étonnante beauté et d'une consonance exquise.

A la place même où, quelques semaines plus tôt, j'avais passé une soirée ennuyeuse, en proie à une dépression maladive, je me voyais complètement transformé en un joyeux compagnon de table, plein de gaieté et de vie, et il m'importait peu que mes voisins fussent des gens aisés et mieux habillés que moi et ne pussent pas savoir que le lendemain j'allais prendre la route à pied, à la manière des apprentis-compagnons, pour retourner chez ma mère. La pensée d'avoir à quitter la ville le lendemain et pour une période indéterminée n'éveillait plus en moi qu'un léger et doux pressentiment d'adieu et de nostalgie. Comme dans un rêve, je voyais à travers les branches des arbres et des buissons les étoiles s'allumer dans le ciel bleu sombre et je respirais les mols effluves de cette nuit estivale, tandis que mes lèvres articulaient des paroles indifférentes et enjouées et que mon cœur chancelait sous un ouragan de bonheur et de mélancolie. Je sentais à mes côtés la présence d'Élisabeth dont la fine tête, le visage pur et allongé étaient éclairés par la lampe et, chaque fois qu'elle parlait, je regardais de son côté, j'admirais son front blanc et serein, ses cheveux d'un blond foncé, l'arc de ses sourcils, son regard calme et sa main posée près de moi sur la table et qui était presque aussi menue que celle d'un enfant mais déjà parfaite et d'une forme très personnelle.

On se leva pour faire quelques pas dans le jardin en attendant que la table fût desservie. Je pénétrai alors avec Élisabeth dans le silencieux crépuscule qui baignait les allées ; à chaque pas qu'elle faisait, je voyais ses petits pieds apparaître et disparaître sous l'ourlet de sa robe ondulante ; je lui parlais de mon pays, je lui racontais des épisodes de mon adolescence et j'observais avec admiration le ravissant profil de sa nuque et de sa tête qu'elle portait bien droite, avec énergie, tandis que je goûtais l'harmonie de son pas souple et régulier qui s'accordait avec les mouvements de ses bras et avec sa manière de tourner la tête et d'incliner le cou. La terre me paraissait un jardin de délices plein de ressources et la vie humaine le chemin le plus facile pour y accéder. Avec une fluidité accrue, mon sang bouillonnait chaleureusement dans mes veines et chaque battement de mon cœur était une petite jubilation.

Je n'étais peut-être ni plus ni moins aimé de la jeune fille que l'étudiant, le cousin ou que n'importe quel autre homme aurait pu l'être. Néanmoins, elle devait certainement sentir mon inconditionnelle admiration l'envelopper comme un souffle réchauffant, car elle devenait elle aussi plus chaleureuse et gagnait en charme, de sorte que les paroles que nous prononcions perdaient progressivement en poids et en valeur, tandis que grandissait en nous le sentiment d'une intimité de plus en plus familière. J'avais la même impression que lorsqu'un précieux liquide monte toujours plus haut dans une coupe et que la mousse déborde en lourdes gouttes silencieuses et il me semblait que, parcourus d'un silencieux frisson, nous buvions tous deux à cette bienheureuse coupe comme à la source de la félicité.

Lorsque le couple se leva pour s'en aller, nous autres jeunes suivîmes le mouvement. Le directeur prit congé de moi avec beaucoup d'amabilité et me chargea de salutations pour ma mère ; sa femme me souhaita bon voyage. Nous sortîmes dans la rue et lorsque Élisabeth me demanda si je voulais bien l'accompagner, j'avais fermement escompté la chose en moi-même, et depuis longtemps. L'étudiant fit un bout de chemin avec nous, puis il battit en retraite et je me retrouvai seul avec Élisabeth dans les rues endormies de la ville.

Elle marchait d'un pas léger et rapide, comme un chevreuil, et, en passant le pont, nous prîmes plaisir tous les deux à voir couler l'eau bruissante qui faisait bouger les reflets des reverbères. Comme elle me posait des questions, je la mis au courant du voyage que j'allais faire le lendemain et lui décrivis ma vallée natale et notre petit village. Cependant je n'oubliai pas d'ajouter que je pensais revenir dans un délai assez court ; elle dit alors calmement : « Dans ce cas, j'aurai l'occasion de vous revoir chez les Gelbke. Cela me fera plaisir. » Nous avions franchi la distance qui nous séparait de sa demeure plus vite que je ne l'eusse désiré ; elle s'engagea dans une rue ancienne, passablement sombre, et s'arrêta devant une porte d'entrée dont elle tira la sonnette en me disant au revoir. Ces paroles d'adieu me semblèrent soudain de nouveau étrangement froides et c'est avec une pointe de tristesse que je vis Élisabeth disparaître dans l'encadrement de la porte derrière laquelle j'avais pu apercevoir pendant un instant un profond corridor dallé et la silhouette d'une servante portant un bougeoir. Puis je regagnai le milieu de la rue et observai minutieusement la maison qui, avec ses deux étages et ses petits auvents de fenêtres fortement saillants donnait une impression de vieille et confortable demeure patricienne. Ayant remarqué une petite plaque de laiton fixée sur la porte, je retournai jusque-là dans l'espoir d'apprendre quelque chose d'intéressant, mais il ne s'y trouvait rien d'autre que le nom de Chevalier, gravé en petits caractères et que j'eus de la peine à déchiffrer dans l'obscurité.

Je m'en allai avec la certitude que désormais mon destin était lié à cette maison et à cette cité et, lorsque le lendemain matin de bonne heure, je sortis de la ville à pied, je me jurai de n'y revenir qu'en homme résolu, capable de forger son bonheur de ses propres mains.

TAEDIUM VITAE

Titre original de la nouvelle

TAEDIUM VITAE
(Extrait de *Die Erzählungen*)

Première soirée

Le mois de décembre vient de commencer. L'hiver hésite encore, on entend hurler les bourrasques et, depuis plusieurs jours, il tombe une pluie fine et insistante qui parfois se transforme pour une heure en neige mouillée, comme si elle était lasse de sa propre continuité. Les routes sont impraticables, le jour ne dure que six heures.

Isolée en plein champ, ma maison est environnée par les rafales du vent d'ouest, noyée dans une lueur crépusculaire et un clapotis de pluie, perdue au milieu de jardins brunis et ruisselants, en bordure de chemins défoncés par l'inondation et qui ne conduisent nulle part. Personne ne vient, personne ne passe, le monde s'est abîmé quelque part dans le lointain. Comme je l'ai souvent souhaité, tout est solitude et profond silence ; pas un être humain, pas un animal, je suis seul dans mon cabinet de travail où j'entends la tourmente se lamenter dans la cheminée tandis que la pluie fouette les carreaux de la fenêtre.

Voici comment je passe mes journées : je me lève tard, je bois une tasse de lait, j'allume le poêle. Puis je me retire dans mon cabinet de travail, où je suis entouré par trois mille volumes ; j'en lis deux alternativement. Le premier est un ouvrage sinistre intitulé *La Doctrine secrète* de Mme Blavatsky ; l'autre est un roman de Balzac. Je me lève à plusieurs reprises pour prendre quelques cigares dans le tiroir et deux fois pour aller à table. *La Doctrine secrète* gagne chaque jour en épaisseur, je n'arriverai jamais au bout de ce livre qui m'accompagnera dans la tombe. Quant au Balzac, il s'amincit régulièrement et diminue de jour en jour, bien que je ne lui consacre pas beaucoup de temps.

Quand mes yeux commencent à me faire mal, je m'installe dans un fauteuil et regarde la faible clarté du jour s'effacer et mourir sur les parois tapissées de livres. Ou bien je vais me placer face au mur et j'examine le dos des livres. Ce sont mes amis, je les ai conservés, ils me survivront ; même si l'intérêt que je leur porte va diminuant, il faut bien que je m'en tienne à eux, car c'est tout ce que je possède. Je les regarde, ces compagnons muets qui me sont restés fidèles par nécessité et je pense à l'histoire de chacun d'eux. Voici l'œuvre d'un quelconque philosophe grec, magnifiquement reliée et imprimée à Leyde. Je ne peux la lire, car il y a longtemps que je ne sais plus le grec. J'avais acheté cet exemplaire à Venise parce qu'il était bon marché et que le bouquiniste était tout à fait persuadé que je lisais couramment le grec. Ainsi, par timidité, j'achetai le livre et le traînai à travers le monde dans des malles et des caisses, l'emballant et le déballant avec soin jusque dans cette maison où je me suis enfin établi et où il a, lui aussi, trouvé sa place et son repos.

C'est ainsi que se déroule la journée ; le soir, j'allume ma lampe, je lis, je fume des cigares jusque vers dix heures, puis, sans savoir pourquoi car je dors peu, je vais me coucher dans la chambre voisine qui n'est pas chauffée. Je vois flotter dans la pâleur nocturne le rectangle de la fenêtre, le lavabo blanc, une gravure sur fond blanc accrochée au-dessus de mon lit, j'entends la tempête se déchaîner sur le toit et faire trembler les vitres, j'écoute le gémissement des arbres, le martèlement de la pluie qui fouette les carreaux ; j'écoute aussi le bruit de ma respiration et les légers battements de mon cœur. J'ouvre les yeux, je les referme ; je m'efforce de penser aux lectures que j'ai faites, mais je n'y réussis pas. En revanche, je songe à d'autres nuits, à dix, à vingt autres nuits que j'ai passées couché ainsi, tandis que la fenêtre livide luisait vaguement comme ce soir et que les pulsations de mes artères rythmaient doucement les heures décolorées et vaines. Voilà comment s'écoulent mes nuits.

Elles n'ont aucun sens et les jours pas davantage, mais ils passent et c'est là leur destination. Ils reviendront et disparaîtront à nouveau jusqu'à ce qu'ils retrouvent une signification quelconque, ou bien jusqu'au moment où ils arriveront à leur terme et où les battements de mon cœur ne pourront plus les compter. Alors viendront le cercueil et la tombe ; ce sera peut-être par une claire journée de septembre, peut-être qu'il y aura du vent et de la neige, ou par un beau jour de juin, quand fleurissent les lilas.

Pourtant, je ne passe pas ainsi toutes les heures de mon existence. Sur cent heures, il y en a bien une ou la moitié d'une qui est différente. Alors je me rappelle tout à coup la chose à laquelle je ne peux, en somme, m'empêcher de penser nuit et jour et que me cache et me dérobe continuellement la présence des livres, du vent, de la pluie, de la nuit blafarde. Je me demande une nouvelle fois : pourquoi en est-il ainsi ? Pourquoi Dieu t'a-t-il abandonné ? Pourquoi ta jeunesse t'a-t-elle quitté ? Pourquoi es-tu aussi mort ?

Ce sont là mes bonnes heures. Alors le brouillard oppressant se dissipe. Ma patience et mon indifférence s'envolent. Je contemple d'un œil lucide mon abominable désert et je retrouve le sentiment des choses. Je ressens la solitude comme si j'étais entouré d'un lac gelé, je ressens la honte et le caractère insensé d'une pareille existence, je ressens la cruelle brûlure causée par la douleur d'avoir perdu ma jeunesse. Bien sûr, cela fait mal, mais c'est tout de même de la souffrance, de la honte, c'est un tourment, c'est tout de même de la vie, de la pensée, de la conscience.

Pourquoi Dieu t'a-t-il abandonné ? Où ta jeunesse s'en est-elle allée ? Je n'en sais rien et je ne pourrai jamais le concevoir. Malgré tout, ce sont là des interrogations, c'est un mouvement de révolte, ce n'est donc plus la mort.

Et à la place d'une réponse que d'ailleurs je n'attends pas, je me heurte à de nouvelles questions. Par exemple : depuis combien de temps cet état dure-t-il ? Quand donc t'es-tu senti jeune pour la dernière fois ?

Pendant que je réfléchis, la glace où sont pris mes souvenirs commence à fondre lentement, ils remuent dans ma mémoire, ils posent sur moi un regard incertain et soudain diffusent les images limpides qui sommeillaient, intactes, sous l'apparence de la mort.

A première vue, il me semble que ces images sont prodigieusement anciennes et qu'elles datent d'au moins dix ans. Mais le sentiment du temps qui s'était engourdi en moi se réveille visiblement, remet en honneur les critères oubliés, manifeste son approbation par des signes, évalue chaque chose. Je constate que tout se tient de beaucoup plus près que je ne l'avais cru et maintenant la conscience endormie de mon identité se réveille aussi, pleine d'arrogance, et me confirme impudemment les choses les plus incroyables. Passant d'une image à l'autre, je me dis : « Oui, c'est bien ce que j'étais », et chaque image abandonne immédiatement son caractère d'objet à contempler pour devenir une tranche de vie, une tranche de ma vie. La conscience de l'identité est un phénomène magique, fort réjouissant à voir, mais peu rassurant malgré tout. On possède la conscience de son identité, mais on peut également vivre sans elle, ce que l'on fait assez souvent, sinon la plupart du temps. C'est à la fois une chose magnifique, car elle abolit le temps, et une chose néfaste, car elle nie le progrès.

Mon esprit réveillé a repris l'exercice de ses fonctions et il me fait constater qu'une fois, un certain soir, j'ai bien été en pleine possession de ma jeunesse et que cela ne date que d'une année. L'événement était insignifiant, il s'agissait d'un fait beaucoup trop petit pour que ce soit à son ombre que j'aie pu vivre aussi longtemps, privé de toute lumière. Mais c'était tout de même un événement et, comme j'avais passé des semaines, peut-être des mois sans qu'il se fût produit la moindre chose dans mon existence, cela me sembla aussi beau qu'un petit paradis et prit une importance beaucoup plus grande qu'il n'eût été nécessaire. Néanmoins, j'aime ce genre de chose et j'en suis infiniment reconnaissant. Je suis dans un de mes bons moments. Les rangées de livres, le bureau, le poêle, la pluie, la chambre à coucher, la solitude, tout cela se dissout, s'évanouit, se liquéfie. Mes membres retrouvent pour une heure leur liberté de mouvement.

Il y a donc une année de cela, on était à la fin de novembre ; il faisait à peu près le même temps qu'aujourd'hui, seulement il y avait de la gaîté dans l'air et les choses avaient un sens. Il pleuvait fort, mais le bruit de la pluie me semblait mélodieux et beau ; je ne l'écoutais pas seulement de ma table de travail : j'avais mis un manteau, des chaussures à semelles de caoutchouc et j'étais sorti pour aller rôder par la ville. Mon pas, mes mouvements, ma respiration n'avaient rien de mécanique mais, comme la pluie, ils étaient harmonieux, spontanés, ils avaient retrouvé toute leur signification. Même les journées n'étaient plus aussi mortelles, elles s'écoulaient en cadence, avec des temps forts et des temps faibles ; les nuits étaient rafraîchissantes et ridiculement courtes, pareilles, entre deux journées, à de brèves pauses dont l'horloge était seule à faire le compte. Qu'il est donc magnifique de passer ainsi ses nuits, d'y consacrer de plein gré le tiers de son existence au lieu de rester couché sur son lit à compter les minutes dont aucune n'a cependant la moindre valeur.

Cette ville était Munich. Je m'y étais rendu pour m'occuper d'un commerce dont je me retirai peu de temps après, car je rencontrai là-bas tant d'amis, je vis et j'entendis tant de choses charmantes qu'il n'était plus possible de songer aux affaires. Je me rappelle qu'un soir je me trouvai dans une grande salle admirablement éclairée où j'entendis un Français de petite taille et aux larges épaules nommé Lamond exécuter des œuvres de Beethoven. Les lumières brillaient, les belles robes des dames étincelaient gaîment et, dans les hauteurs de la salle, volaient des anges monumentaux d'une blancheur éclatante qui annonçaient le Jugement dernier et proclamaient la Bonne Nouvelle, déversant sur le public les cornes d'abondance des délices et sanglotant, la face cachée dans leurs mains diaphanes.

Le matin, après une nuit de beuverie, il m'arrivait de traverser en voiture le Jardin anglais en chantant des lieder, puis d'aller boire un café chez Aumeister. L'après-midi, je me retrouvais souvent environné de peintures, de portraits, de paysages représentant des bords de mer et des prairies à l'orée des forêts ; beaucoup de ces tableaux dégageaient l'atmosphère étrangement sublime et paradisiaque d'une création sans souillure. Le soir, je contemplais l'éclat des vitrines, si beau et si dangereux pour les gens de la campagne, je regardais les photographies et les livres exposés, les coupes remplies de fleurs exotiques, les cigares de luxe enveloppés de papier d'argent et les articles de maroquinerie fine, dont l'élégance est si attirante. Je voyais les lampes électriques allumer des reflets étincelants dans les rues mouillées et les flèches des vieilles églises se perdre dans la lueur crépusculaire des nuages.

Grâce à toutes ces distractions, le temps passait vite et facilement, comme un verre qu'on vide et dont chaque gorgée vous fait plaisir. C'était le soir, j'avais fait ma valise et devais partir le lendemain, sans que j'en éprouvasse aucun chagrin. Je me réjouissais à l'avance de rentrer au pays et de faire le trajet en chemin de fer, de voir les villages, les forêts et les montagnes déjà couvertes de neige.

Pour la dernière soirée, j'étais invité dans une belle maison neuve de la très distinguée *Schwabingerstrasse*, où des conversations animées et des mets choisis me firent passer d'agréables moments. Il y avait aussi quelques femmes, mais d'habitude, je me sens troublé en leur présence, aussi préférai-je m'en tenir à la compagnie des hommes. Nous bûmes du vin blanc dans des coupes de cristal, fumâmes d'excellents cigares dont nous faisions tomber la cendre dans des gobelets de vermeil. La conversation roula sur la ville et la campagne, la chasse, le théâtre ainsi que sur la culture qui nous paraissait devenue plus accessible. Nous parlions tour à tour très fort ou à voix basse, avec feu ou ironie, sur un ton sérieux ou badin et nous échangions des regards pleins de vivacité et de sous-entendus.

Ce n'est que fort tard, au moment où la soirée allait se terminer et où la conversation masculine s'orientait vers la politique, à laquelle je n'entends pas grand-chose, que je me décidai à me tourner du côté des invitées. Elles s'entretenaient avec quelques jeunes peintres et sculpteurs qui, en réalité, étaient de pauvres diables, mais tous vêtus avec une telle élégance qu'ils ne m'inspiraient aucune pitié et que je me sentis obligé de leur témoigner de la considération et du respect. De leur côté, ils se montrèrent aimables avec moi et je fus même encouragé par l'accueil amical qu'ils faisaient à un hôte venu de la campagne, en sorte que ma timidité s'évanouit et que je me mis à converser tout à fait fraternellement avec eux. En même temps, je jetais des regards curieux sur le groupe des jeunes dames.

Je découvris alors parmi elles une toute jeune fille d'environ dix-neuf ans, avec des cheveux blond clair comme ceux d'un enfant, des yeux bleus et le visage allongé d'un personnage de légende. Elle portait une robe claire avec des garnitures bleues et était assise dans son fauteuil, attentive et contente. A peine l'eus-je aperçue que son étoile se leva dans mon ciel et que mon cœur fut touché par sa délicate personne, par son intime et innocente beauté, tandis que je percevais la mélodie qui enveloppait tous ses mouvements. Une joie, une émotion silencieuse accéléra légèrement le rythme de mes pulsations et je lui aurais volontiers adressé la parole, mais je ne trouvais rien d'intéressant à lui dire. Elle-même parlait peu et se contentait de sourire, d'approuver d'un signe de tête et de faire de brèves réponses d'une voix claire et doucement modulée. Une manchette de dentelle tombait sur son poignet gracile et laissait voir une main aux doigts délicats, enfantine et expressive. Son pied qu'elle balançait par jeu était chaussé d'une fine et haute bottine de cuir brun ; la forme et la taille de ce pied, comme celles de ses mains étaient très heureusement proportionnées à l'ensemble de sa personne.

« Ô toi, me dis-je en la regardant, toi mon enfant, mon bel oiseau ! Quel bonheur de pouvoir te contempler dans la fleur de ton printemps ! »

Il y avait là d'autres femmes, plus brillantes et qui promettaient davantage dans l'éclat de leur maturité, il y en avait de plus intelligentes, au regard pénétrant, mais d'aucune autre n'émanait une telle aura, nulle autre n'était environnée d'une aussi douce musique. Elles parlaient, riaient, et leurs yeux clairs ou foncés décochaient maintes flèches. Par des gentillesses et des agaceries, elles m'attirèrent dans la conversation et me témoignèrent de l'amitié, mais je ne leur répondais qu'à travers un demi-sommeil ; au fond de mon cœur, je demeurais auprès de la blonde jeune fille pour graver son image en moi et ne pas laisser échapper de mon souvenir cet être dans sa fleur.

Sans que je m'en rendisse compte, il se faisait tard et soudain tout le monde se leva, il y eut beaucoup de bruit, les invités allaient et venaient, prenaient congé de leurs hôtes. Je me levai en hâte et fis de même. Dans le vestibule, comme nous mettions nos manteaux et nos cache-col, j'entendis l'un des peintres dire à la belle : « Puis-je vous accompagner ? » Et elle répondit : « Oui, mais cela fait un grand détour pour vous. Je peux aussi prendre une voiture. » J'intervins aussitôt et déclarai : « Permettez que j'aille avec vous, je vais dans la même direction. »

Elle sourit en disant : « D'accord, merci bien. » Le peintre salua poliment, me regarda avec surprise et s'éloigna.

A présent, je marchais dans la rue nocturne aux côtés de la personne aimée. Un fiacre attardé stationnait à un carrefour et ses lanternes défaillantes semblaient nous regarder.

« Ne devrais-je pas plutôt monter dans ce fiacre ? Il faut compter une demi-heure jusque chez moi. »

Je la priai cependant de n'en rien faire. Alors elle me demanda tout à coup :

« Comment savez-vous où j'habite ?

— Oh ! cela n'a pas d'importance. D'ailleurs, je l'ignore absolument.

— Mais vous disiez que vous alliez dans la même direction que moi.

— C'est vrai. De toute façon, je me serais promené encore une demi-heure. »

Nous regardions le ciel qui s'était éclairci et apparaissait entièrement étoilé ; un vent frais et vif balayait les larges rues silencieuses.

Au début, je me sentis embarrassé, car je ne savais vraiment pas que lui dire. Cependant elle marchait librement et sans prévention à mes côtés, respirait avec plaisir l'air frais de la nuit et, selon l'impression du moment, se contentait de pousser une exclamation ou de poser une question à laquelle je répondais ponctuellement. De mon côté, je me sentais de nouveau libéré et satisfait et une paisible causerie, dont j'ai totalement oublié le sujet, s'établit entre nous, accordée au rythme de notre pas.

En revanche, je me rappelle fort bien le timbre de sa voix qui avait une résonance pure, légère comme le chant d'un oiseau et cependant chaleureuse. Son rire était franc et discret ; son pas s'accordait au mien et la marche ne m'a jamais donné pareille impression de légèreté et de gaieté ; la ville endormie, avec ses palais, ses portes monumentales, ses jardins et ses statues glissait à nos côtés dans l'ombre et le silence.

Nous croisâmes un vieil homme en haillons qui s'avançait avec difficulté. Il voulut nous céder le passage, mais, refusant sa politesse, nous lui fîmes place en nous rangeant chacun d'un côté et il se retourna lentement pour nous regarder. « Mais oui, regardenous seulement ! » dis-je, et la blonde jeune fille, amusée, se mit à rire.

Les horloges des hautes tours de la ville égrenaient leurs coups qui s'envolaient au-dessus des toits, clairs et allègres dans le vent d'hiver et allaient se perdre insensiblement dans une lointaine et confuse rumeur. Une voiture traversa une place ; les fers du cheval martelaient le pavé sonore mais on n'entendait pas les roues car elles avaient des bandages de caoutchouc.

La belle jeune fille cheminait, fraîche et gaie, à mes côtés ; je me sentais enveloppé par la musique qui émanait de tout son être, mon cœur battait au même rythme que le sien, mes yeux voyaient tout ce que son regard apercevait. Elle ne me connaissait pas, je ne savais pas son nom, mais nous étions tous deux jeunes et insouciants, nous étions camarades à la manière de deux étoiles ou de deux nuages qui suivent la même route, respirent le même air et qui, sans paroles et sans désirs, se sentent heureux. Mon cœur avait de nouveau dix-neuf ans et était intact.

Il me semblait que nous allions tous deux continuer à marcher indéfiniment, sans but et sans fatigue. Il me semblait que nous avancions ainsi, côte à côte, depuis très, très longtemps et que cela pourrait ne jamais finir. Le temps n'existait plus, bien qu'on entendît sonner les heures.

Cependant elle s'arrêta tout à coup, sourit, me tendit la main et disparut dans l'entrée d'une maison.

Deuxième soirée

J'ai passé la moitié de la journée à lire et mes yeux me font mal, sans que je sache en somme pourquoi je les fatigue à ce point. Mais il me faut bien passer le temps d'une manière ou d'une autre. Le soir est de nouveau là et tandis que je relis ce que j'ai écrit hier, le temps écoulé se reconstitue, pâle et lointain et cependant reconnaissable. Je vois les journées et les semaines, les événements et les désirs, les réflexions et les expériences vécues admirablement liés entre eux et former un enchaînement logique, je vois se dérouler une vie réglée, avec sa continuité et son rythme, avec ses intérêts et ses objectifs, avec cette merveilleuse évidence et ce naturel propres à une vie normale et saine, toutes choses que j'ai depuis lors totalement perdues.

Le lendemain de cette sortie nocturne avec la jeune inconnue, j'avais donc pris le train pour regagner mon village. Presque seul dans le wagon, j'étais content de me trouver dans cet express et de pouvoir admirer les Alpes qui, pendant un moment, apparurent éclatantes et pures dans le lointain. A Kempten, je mangeai une saucisse au buffet et m'entretins avec le contrôleur auquel je payai un cigare. Plus tard, le temps se gâta et je vis le lac de Constance engrisaillé qui s'étendait comme une mer dans le brouillard, derrière un léger rideau de neige.

Rentré chez moi et installé dans la chambre même où je suis en ce moment, j'allumai un bon feu dans mon poêle et me remis à la tâche avec zèle. Je recevais des lettres et des paquets de livres qui me donnaient beaucoup de travail et, une fois par semaine, je me rendais dans la petite ville pour faire quelques emplettes, boire un verre de vin et jouer au billard.

Cependant, je remarquai peu à peu que la gaieté, l'enjouement et la joie de vivre qui m'avaient accompagné partout lors de mon récent séjour à Munich, avaient tendance à baisser et à fuir par quelque petite et stupide brèche, de sorte que je tombai progressivement dans un état moins brillant, où le rêve prédominait. Au début, je pensai que je couvais une légère indisposition, c'est pourquoi je partis pour la ville afin d'y prendre un bain de vapeur, mais cela ne me soulagea pas du tout. Je ne tardai pas à m'apercevoir que ce mal ne résidait ni dans les articulations ni dans le sang. Car je commençais à présent, malgré moi ou du moins involontairement, à penser à Munich avec une sorte d'avidité tenace, comme si j'avais perdu quelque chose d'essentiel dans cette ville agréable. Très lentement, cette chose essentielle prit forme dans ma conscience et cette forme était celle de la blonde de dix-neuf ans, cette gracieuse et charmante fille. Je m'aperçus que son image, ainsi que la bienheureuse sortie vespérale en sa compagnie ne s'étaient pas transformées pour moi en un paisible souvenir, mais qu'elles étaient devenues une partie de moi-même et commençaient à me causer de pénibles souffrances.

Ce fut au moment où apparurent les premiers signes du printemps que cette affaire atteignit son point critique et que la situation devint brûlante ; dès lors, il n'y avait plus aucun moyen de s'y soustraire. Je savais désormais que je devais revoir la jeune fille que j'aimais avant de pouvoir penser à quoi que ce soit d'autre. Si tout allait bien, je ne devais pas avoir peur de dire adieu à ma tranquille existence et de livrer au courant la barque de ma paisible destinée. Si, jusqu'à ce jour, j'avais eu l'intention de suivre ma route en spectateur indifférent et solitaire, il semblait maintenant qu'une impérieuse exigence en eut décidé autrement.

J'examinai consciencieusement tout ce qu'il était nécessaire de considérer dans cette affaire et j'en conclus qu'il m'était parfaitement possible et permis de demander la main d'une jeune fille, si la chose devait en arriver là. J'avais un peu plus de trente ans, j'étais en parfaite santé et j'avais bon caractère ; je possédais en outre une fortune suffisante pour qu'une femme pas trop gâtée pût compter sur moi. Vers la fin du mois de mars je repartis donc pour Munich et, cette fois, j'eus abondamment de quoi réfléchir pendant le long trajet en chemin de fer. Je me proposais de faire d'abord plus ample connaissance avec la jeune personne et je ne tenais pas pour absolument impossible que mon inclination se révélât après tout moins vive et moins insurmontable que je ne l'avais imaginé depuis quelque temps. Peut-être, me disais-je, le simple fait de la revoir apaisera-t-il ma nostalgie et l'équilibre se rétablira-t-il de lui-même dans mon esprit.

C'était là, sans doute, la supposition insensée d'un homme sans expérience. Je me rappelle fort bien avec quel plaisir et quelle astuce je tramais les fils de ma pensée au cours de ce voyage, tandis que je me réjouissais intérieurement à mesure que je me rapprochais de Munich et de la blonde jeune fille.

A peine avais-je foulé de nouveau le pavé bien connu de la grande ville que je ressentis cette impression de bien-être qui m'avait manqué depuis tant de semaines. Cette sensation n'était pas dénuée d'une certaine nostalgie et d'une secrète inquiétude, néanmoins, il y avait longtemps que je ne m'étais senti aussi bien. De nouveau, tout ce que je voyais me faisait plaisir, tout brillait d'un merveilleux éclat : les rues que je connaissais bien, les clochers, les gens dans le tramway avec leur dialecte, les grands édifices et les monuments silencieux. Je donnai un pourboire à tous les receveurs de tramway, je me laissai tenter, en regardant une belle vitrine, et achetai un élégant parapluie ; je me payai aussi, dans une boutique de tabac, quelques cigares de prix, comme il convenait en somme à ma position et à ma fortune et, dans l'air vif du mois de mars, je me sentis tout joyeux et en veine d'entreprises.

Il m'avait suffi de deux jours pour prendre en toute tranquillité des renseignements sur la jeune fille en question et ce que j'avais appris correspondait à peu près à mon attente. C'était une orpheline de bonne famille, mais pauvre, et elle fréquentait une école d'art décoratif. En outre, elle était une parente éloignée de mes connaissances de la *Leopoldstrasse* chez lesquelles je l'avais vue lors de mon dernier séjour.

Et c'est là aussi que je la revis. Ce fut au cours d'une petite soirée où je retrouvai presque tous ceux que j'avais déjà rencontrés dans cette maison et où plusieurs personnes me reconnurent et me serrèrent amicalement la main. Quant à moi, j'éprouvai beaucoup d'embarras et d'agitation jusqu'au moment où elle parut enfin en compagnie d'autres invités. Je retrouvai alors mon calme et ma bonne humeur et, lorsque après m'avoir reconnu, elle me fit un signe de tête et me rappela aussitôt cette fameuse soirée d'hiver où je l'avais vue pour la première fois, je sentis renaître ma confiance et je pus lui parler, la regarder dans les yeux comme si le temps ne s'était pas écoulé depuis lors et que le même vent hivernal eut toujours soufflé autour de nous. Cependant nous n'avions pas grand-chose à nous dire et elle me demanda seulement comment j'allais depuis cette soirée et si j'étais resté tout le temps à la campagne. Lorsque nous eûmes échangé ces quelques propos, elle se tut pendant un moment, me regarda en souriant et se tourna vers ses amis tandis que je pouvais à mon gré la contempler maintenant d'une certaine distance. Elle me parut un peu changée, mais je ne savais en quoi consistait ce changement et ce fut seulement après coup, plus tard, une fois qu'elle fut partie et que je pus comparer les deux images de sa personne qui s'affrontaient en moi, que je découvris qu'elle avait relevé différemment ses cheveux et que ses joues étaient devenues un peu plus rondes. Je la regardais en silence et j'éprouvais toujours le même sentiment de joie et d'admiration à l'idée qu'il pouvait exister quelque chose d'aussi beau et d'aussi intensément juvénile et qu'il m'était permis de rencontrer cette créature dans sa fleur et de plonger mon regard dans ses yeux clairs.

Pendant le dîner et un peu plus tard, au moment où l'on servit du vin de la Moselle, je me trouvai mêlé à la conversation des messieurs et bien qu'on parlât d'autre chose que la dernière fois, il me sembla qu'elle n'était qu'une suite de l'entretien précédent et je constatai, non sans quelque satisfaction, que malgré leur désir de tout voir et de connaître toutes les nouvelles du jour, ces citadins remuants et blasés étaient enfermés dans un certain cercle à l'intérieur duquel se passait leur vie et s'exerçait leur esprit et qu'en dépit de toute sa diversité et de tous ses changements, ce cercle présentait lui aussi un caractère inexorablement clos et relativement étroit. Quoique je me trouvasse très à l'aise dans ce milieu, je sentais qu'au fond ma longue absence ne m'avait privé de rien, et je ne pouvais m'empêcher de penser que ces messieurs et ces dames étaient restés assis à la même place et qu'ils poursuivaient toujours le même entretien. Naturellement, cette pensée était injuste à leur égard et provenait uniquement du fait que ce soir-là, mon intérêt et mon attention étaient constamment détournés de la conversation.

Je gagnai le plus tôt possible la pièce voisine où les jeunes gens s'entretenaient avec les dames. Je ne fus pas sans remarquer que la beauté de la demoiselle attirait vivement les jeunes artistes et qu'ils la traitaient tantôt en camarade, tantôt avec le plus grand respect. Seul un portraitiste nommé Zündel se tenait froidement à l'écart auprès de quelques femmes plus âgées et nous observait, nous autres exaltés, avec un mépris qui n'excluait pas une certaine bonhomie. Il s'entretenait négligemment avec une belle femme aux yeux bruns, écoutant plus qu'il ne parlait lui-même ; j'avais entendu dire qu'elle avait une réputation de femme dangereuse et qu'elle avait eu ou avait encore beaucoup d'aventures amoureuses.

Cependant, je ne remarquai tout cela qu'en passant et sans y prêter beaucoup d'attention. La jeune fille m'absorbait entièrement, mais je ne participai pas à la conversation générale. Je la sentais vivre et évoluer timidement dans un univers de suave musique et le charme intime de sa nature m'enveloppait d'aussi près, avec la même douceur et la même insistance que le parfum d'une fleur. Malgré tout le bien que sa présence me faisait, je pressentais néanmoins avec certitude que sa vue ne suffirait pas à m'apaiser et à me satisfaire et que ma souffrance deviendrait encore beaucoup plus torturante si je devais être séparé d'elle une nouvelle fois. Il me semblait qu'à travers sa ravissante personne, mon bonheur et ma jeunesse prête à s'épanouir me faisaient signe de les saisir, de les prendre contre moi, de peur qu'ils ne reviennent plus jamais. Ce n'était pas une passion charnelle, un désir de baisers et de nuits d'amour, désir que tant de belles femmes avaient déjà éveillé en moi et qui m'avait exalté et tourmenté pendant quelques heures. C'était bien davantage la joyeuse certitude qu'en cet être charmant j'allais rencontrer mon bonheur, que son âme m'était apparentée et propice et que mon bonheur devait aussi être le sien.

C'est pourquoi je résolus de demeurer dans son voisinage et de lui faire ma demande en temps voulu.

Troisième soirée

Ce qui suit devra bien être raconté un jour ou l'autre, donc, allons-y !

Je coulais des jours heureux à Munich. J'habitais non loin du Jardin anglais où j'allais me promener tous les matins. Je visitais souvent les galeries de peinture et lorsque j'y découvrais quelque toile particulièrement belle, j'avais le sentiment qu'il se produisait une rencontre entre le monde extérieur et la bienheureuse vision que je conservais dans ma mémoire.

Un soir, j'entrai chez un bouquiniste afin d'acheter quelque chose à lire. Après avoir fouillé dans des rayonnages poussiéreux, je découvris une jolie édition d'Hérodote, élégamment reliée, dont je fis l'acquisition. Là-dessus j'engageai une conversation avec le commis qui me servait. C'était un homme remarquablement aimable et d'une politesse pleine de discrétion ; son visage avait une expression modeste mais reflétait une sorte d'illumination intérieure et de toute sa personne se dégageait une impression de bienveillance douce et pacifique qu'on percevait immédiatement et qui se lisait aussi dans ses traits et dans ses gestes. Il avait beaucoup lu et comme je me plaisais dans sa compagnie, je retournai souvent dans sa boutique pour y acheter quelque chose et m'entretenir un quart d'heure avec lui. Sans qu'il m'eût rien dit de pareil, il me fit l'impression d'un homme qui avait oublié ou surmonté les ténèbres et les orages de la vie et qui menait une existence paisible et honnête.

Après avoir passé la journée en ville avec des amis ou dans des galeries d'art, je restais toujours, avant d'aller me coucher, environ une heure dans ma chambre de location, enveloppé d'une couverture de laine, à lire Hérodote ou à suivre par la pensée la belle jeune fille dont le nom, Maria, m'était maintenant connu.

Lorsque je la revis, je réussis à m'entretenir un peu plus sérieusement avec elle ; nous causâmes très familièrement et j'appris bien des choses sur son existence. Je fus même autorisé à l'accompagner jusque chez elle et, comme dans un rêve, je suivis de nouveau avec elle le même chemin que la dernière fois à travers les rues silencieuses de la ville. Je lui dis que j'avais souvent pensé à ce trajet et que j'avais souhaité pouvoir le refaire avec elle. Elle rit gaiement et me posa quelques questions. Enfin, comme le moment des aveux était arrivé, je la regardai et lui dis : « C'est uniquement à cause de vous que je suis revenu à Munich, mademoiselle Maria. »

Aussitôt je craignis que cette déclaration ne lui eût paru trop hardie et je me sentis embarrassé. Mais elle ne répondit rien et se contenta de me regarder calmement et avec une légère curiosité. Puis, après un moment, elle dit : « Jeudi prochain, un de mes camarades organise une fête dans son atelier. Voulez-vous y aller ? Alors venez me chercher à huit heures. »

Nous étions arrivés devant sa demeure. Je la remerciai et pris congé.

Ainsi, j'étais invité à une fête par Maria. J'étais au comble du bonheur. Bien que je ne me fisse pas trop d'illusions au sujet de cette fête, il m'était singulièrement doux de penser qu'elle m'avait invité et que je lui devais quelque chose. Je me demandai comment je pourrais la remercier et je décidai de lui offrir ce jeudi-là un beau bouquet de fleurs.

Il me fallait attendre encore trois jours et pendant ce temps je ne retrouvai pas l'humeur joyeuse et la sérénité des semaines précédentes. Depuis que je lui avais dit que c'était à cause d'elle que j'avais fait le voyage de Munich, j'avais perdu mon naturel et ma tranquillité.

C'était en quelque sorte un aveu que je lui avais fait et j'étais persuadé qu'elle savait à quoi s'en tenir à mon sujet et que peut-être elle réfléchissait à la réponse qu'elle allait me donner. Je passai le plus clair de mon temps à faire des excursions en dehors de la ville, dans les grands parcs de Nymphenburg et de Schleissheim ou dans les forêts au bord de l'Isar.

Lorsque le jeudi arriva et que le soir vint, je m'habillai, j'allai acheter une gerbe de roses rouges, puis je me rendis en calèche chez Maria avec mon bouquet. Elle descendit aussitôt, je l'aidai à monter en voiture et lui offris les fleurs, mais elle était nerveuse et gênée, comme je le remarquai en dépit de mon propre embarras. Je la laissai donc tranquille et je fus charmé de la voir dans cet état d'excitation et de plaisir fiévreux si naturel chez une jeune fille qui se rend à une fête. Pendant le trajet en voiture découverte à travers la ville, je me sentis peu à peu gagné par un grand bonheur, car il me semblait que Maria reconnaissait ainsi entre nous l'existence d'une sorte d'amitié privilégiée et de complicité, ne fût-ce que pour une heure. Je ressentais la solennité de ma fonction honorifique, qui consistait à la protéger et à l'accompagner pendant cette soirée, bien qu'elle n'eût assurément pas manqué d'amis disposés à remplir cette charge à ma place.

La voiture s'arrêta devant la façade nue d'un grand immeuble locatif dont nous dûmes franchir l'entrée et traverser la cour. Au fond de celle-ci, un interminable escalier nous conduisit au dernier étage de la maison où, dans le couloir déjà, un torrent de lumière et d'éclats de voix déferla contre nous. Après avoir déposé nos manteaux dans une pièce contiguë où un lit de fer et quelques caisses étaient couverts de vêtements et de chapeaux, nous pénétrâmes dans l'atelier brillamment éclairé et déjà rempli de monde. Je connaissais vaguement trois ou quatre personnes mais tous les autres étaient des inconnus pour moi, y compris le maître de la maison auquel Maria me présenta en ajoutant : « C'est un de mes amis. Cela ne te fait rien que je l'aie amené ? »

Cette question m'effraya un peu, car je croyais qu'elle m'avait annoncé. Sans marquer aucune surprise, le peintre me tendit la main et répondit calmement : « C'est en ordre. »

Une vive animation régnait dans l'atelier où chacun avait son franc-parler. On se mettait où l'on pouvait, on s'asseyait l'un à côté de l'autre sans se connaître. Les invités se servaient à leur gré des mets froids qu'on avait disposés ici et là, ainsi que de vin et de bière et tandis que les uns venaient d'arriver ou prenaient leur souper, d'autres allumaient déjà des cigares dont la fumée, au commencement du moins, se perdait facilement dans les hauteurs du vaste atelier.

Comme personne ne s'occupait de nous, je me mis en quête de quelque nourriture pour Maria et pour moi et nous mangeâmes installés à une petite table à dessin en compagnie d'un joyeux bonhomme à la barbe rousse que nous ne connaissions pas et qui nous faisait des signes de tête encourageants et pleins de jovialité. Parfois l'un ou l'autre des retardataires qui n'avait pas trouvé de table libre passait la main par-dessus nos épaules pour attraper un sandwich au jambon et lorsqu'on eut épuisé les provisions, de nombreux invités se plaignirent d'avoir encore faim et deux d'entre eux allèrent acheter un supplément de victuailles, après que leurs camarades se furent cotisés et eurent réuni une petite somme d'argent.

L'hôte assistait avec indifférence à ces démonstrations d'une gaieté quelque peu tapageuse, mangeait une beurrée tout en allant bavarder avec l'un ou l'autre de ses invités, un verre de vin à la main. Quant à moi, ces manières relâchées ne me choquaient pas du tout, cependant je souffrais secrètement de voir que Maria semblait à l'aise dans ce milieu où elle avait l'air de se sentir comme chez elle. Certes, je savais que ces jeunes artistes étaient ses collègues et que certains d'entre eux étaient des gens très remarquables ; je n'avais donc aucun droit de souhaiter autre chose. Pourtant, je souffrais un peu et j'étais presque déçu de la voir supporter si allégrement cette camaraderie en somme assez grossière. Je me retrouvai bientôt tout seul, car après ce casse-croûte vite expédié, elle se leva et alla saluer ses amis. Elle me présenta à deux de ceux-ci et tenta de m'entraîner dans leur conversation, ce qu'à vrai dire je n'acceptai pas. Puis je la vis aller tantôt vers l'une tantôt vers l'autre de ses connaissances et comme ma présence ne semblait pas lui manquer, je me retirai dans un coin, m'appuyai contre le mur et contemplai avec satisfaction cette remuante société. Je ne m'étais pas attendu à ce que Maria se tînt toute la soirée près de moi et je m'estimais heureux de pouvoir la regarder, de bavarder de temps à autre avec elle et d'avoir la perspective de la raccompagner chez elle. Malgré tout, je commençais à me sentir mal à l'aise et plus les autres débordaient de gaieté, plus je me sentais inutile et dépaysé, car on ne m'adressait que rarement la parole et toujours en passant.

Parmi les invités, je remarquai le célèbre portraitiste Zündel ainsi que cette belle femme aux yeux bruns que l'on m'avait dépeinte comme une personne dangereuse et d'une réputation assez équivoque. Elle semblait bien connue dans ce cercle où la plupart des invités la regardaient avec une certaine familiarité et un léger sourire, mais aussi avec une franche admiration à cause de sa beauté. Zündel avait aussi beaucoup d'allure ; il était grand et vigoureux, avec des yeux foncés et perçants et son maintien plein d'assurance, orgueilleux et dominateur, trahissait l'homme choyé, certain de l'impression qu'il produira partout. Je l'observai avec attention car j'éprouve pour ce genre d'hommes un singulier intérêt, mêlé d'une pointe d'humour et d'un peu de jalousie. Il essayait de taquiner notre hôte à propos des insuffisances de son hospitalité.

« Tu n'as même pas assez de chaises », dit-il dédaigneusement, mais le maître de la maison ne broncha pas. Il haussa les épaules et dit :

« Si jamais je me consacre au portrait, on ne manquera de rien chez moi. » Alors Zündel s'en prit aux verres :

« Dans des cuveaux pareils, il est impossible de boire du vin. N'as-tu jamais entendu dire que le vin exige des verres d'une grande finesse ? » Imperturbable, l'hôte répondit :

« Peut-être as-tu quelque compétence en matière de verres mais pour ce qui est du vin, tu n'y connais absolument rien. Pour ma part, j'ai toujours préféré un bon vin à un beau verre. »

La jolie femme écoutait ces propos en souriant et son visage avait une expression singulièrement satisfaite et ravie qui ne pouvait guère s'expliquer par des plaisanteries de ce genre. Je m'aperçus bientôt que, par-dessous la table, elle tenait sa main profondément engagée dans la manche gauche de l'habit du peintre dont le pied jouait négligemment avec le sien. Cependant, Zündel semblait être plus complaisant que tendre avec elle, tandis que de son côté elle s'accrochait à lui avec une ardeur déplaisante, de sorte que sa vue me devint bientôt insupportable.

D'ailleurs, il ne tarda pas à se dégager de son étreinte et il se leva. Une fumée compacte remplissait maintenant l'atelier, même les femmes et les jeunes filles fumaient des cigarettes ; les éclats de rire se mêlaient au bruit des conversations ; chacun allait et venait, on s'asseyait sur des chaises, sur des caisses, sur des seaux à charbon, sur le plancher. Quelqu'un jouait du piccolo et, au milieu du tumulte, un jeune homme quelque peu éméché déclamait gravement un poème devant un groupe d'auditeurs hilares.

J'observais Zündel qui allait et venait d'un pas mesuré et qui avait conservé tout son calme, toute sa lucidité. Cependant, mes regards revenaient toujours à Maria, assise sur un divan avec deux autres amies ; elles conversaient avec des jeunes gens qui se tenaient debout auprès d'elles, le verre à la main. Plus la réjouissance se prolongeait et devenait bruyante, plus la tristesse et l'oppression m'étreignaient. J'avais le sentiment de m'être égaré avec ma petite fée dans un lieu impur et je guettais le moment où elle me ferait signe et me demanderait de partir.

Le peintre Zündel se tenait maintenant à l'écart et avait allumé un cigare ; il examinait les visages et jetait aussi des regards attentifs du côté du divan. Soudain, Maria leva les yeux et je vis parfaitement qu'elle le regarda pendant un instant. Il souriait, mais elle continua à le fixer avec insistance ; alors je le vis cligner de l'œil et lever la tête d'un air interrogatif, à quoi elle répondit par un léger signe de tête.

Je sentis mon cœur devenir lourd comme une pierre et tout s'assombrit devant moi. Pourtant je ne savais rien encore et il pouvait s'agir d'une plaisanterie, d'un hasard, d'un geste à peine conscient. Mais cette pensée ne me consolait pas. J'avais vu qu'il existait une connivence entre ces deux êtres qui n'avaient pas échangé un seul mot de toute la soirée et qui s'étaient presque ostensiblement tenus éloignés l'un de l'autre.

A cet instant précis, mon bonheur s'écroula et mon puéril espoir s'évanouit. De tout cela, il ne restait plus la moindre touche de beauté ni de lumière. Il ne restait même pas de quoi éprouver la pure et profonde tristesse que j'eusse volontiers supportée, mais seulement une impression de honte et de désillusion, une odieuse sensation d'écœurement. Si j'avais vu Maria en compagnie d'un heureux fiancé ou d'un amoureux, j'eusse envié celui-ci et la chose m'eût réjoui malgré tout. Mais il s'agissait d'un vulgaire séducteur, d'un homme à femmes dont le pied avait joué, moins d'une demi-heure auparavant, avec celui de la personne aux yeux bruns.

Je me dirigeai vers elle, affligé, je regardai ce frais visage que j'aimais tant et lui demandai :

« Il se fait tard, mademoiselle Maria, ne pourrais-je pas vous raccompagner chez vous ? »

Hélas, je vis alors pour la première fois son embarras et sa duplicité. La touche divine s'était effacée de son visage et même sa voix avait quelque chose de dissimulé et de faux. Elle se mit à rire et dit très fort :

« Oh ! pardonnez-moi, je n'avais pas pensé à vous le dire : on viendra me chercher. Vous voulez déjà partir ?

— Oui, je vais me retirer, répondis-je. Adieu, mademoiselle Maria. »

Je ne pris congé de personne et personne ne me retint. Je descendis lentement l'escalier, traversai la cour et sortis par le passage qui donnait sur la rue. Une fois dehors, je réfléchis à ce que j'allais faire, revins sur mes pas et allai me cacher dans la cour derrière une charrette vide. Là j'attendis longtemps, presque une heure. Puis je vis arriver Zündel qui jeta le mégot de son cigare, boutonna son manteau, sortit et reparut bientôt pour se poster à l'entrée du passage.

Cinq, dix minutes s'écoulèrent pendant lesquelles j'aurais eu tout le temps de m'avancer, de l'interpeller en le traitant de chien et de le saisir à la gorge. Mais je ne le fis pas, je restai silencieux dans ma cachette et attendis. Ce ne fut pas long, car j'entendis de nouveau des pas dans l'escalier, la porte s'ouvrit et Maria apparut, regarda autour d'elle, se dirigea vers la sortie et mit tranquillement son bras sous celui du peintre. Puis ils s'éloignèrent tous deux d'un pas rapide. Je les suivis des yeux un instant, et je me mis en devoir de rentrer chez moi.

Arrivé à la maison, je me couchai sans pouvoir trouver le repos de sorte que je me relevai et me rendis au

Jardin anglais où je rôdai pendant la moitié de la nuit, puis je regagnai ma chambre et dormis profondément jusqu'à une heure avancée du jour. Au cours de la nuit, je m'étais proposé de partir le lendemain matin mais je m'étais réveillé trop tard pour exécuter ce projet et j'avais donc encore une journée devant moi. Je fis ma valise, réglai ma note, écrivis à mes amis pour prendre congé d'eux, mangeai en ville et allai m'asseoir dans un café. Le temps me parut long et je me demandais comment j'allais passer l'après-midi. C'est à ce moment-là que je commençai à ressentir ma misère. Il y avait des années que je ne m'étais plus trouvé dans cette atroce et déshonorante situation où les journées me faisaient peur et où je me demandais comment j'allais pouvoir tuer le temps. Les promenades, les visites aux galeries de peinture, les sorties en voiture, les parties de billard, la lecture, tout cela ne me disait plus rien, tout était devenu idiot, fade, absurde. Et quand je regardais autour de moi dans la rue, je voyais des maisons, des arbres, des êtres humains, des chevaux, des chiens, des voitures et tout cela me paraissait prodigieusement ennuyeux, dépourvu de charme et indifférent. Le monde ne me disait plus rien, je n'y trouvais aucun plaisir, rien n'éveillait plus ma sympathie ou ma curiosité.

Pendant que je buvais une tasse de café pour faire passer le temps et remplir ainsi une sorte de devoir, je pensai tout à coup que je devrais me suicider. Je me sentis soulagé d'avoir trouvé cette solution et me mis à réfléchir objectivement à ce qu'il me restait à faire. Cependant mes pensées étaient trop versatiles et inconsistantes pour que je pusse m'y arrêter plus que quelques minutes. Incapable de me concentrer, j'allumai un cigare, puis le jetai, commandai une deuxième ou troisième tasse de café, feuilletai un journal pour aller finalement flâner plus loin. Il me revint à l'esprit que j'avais décidé de partir et je me promis de le faire en tout cas le lendemain. Soudain, je me sentis réconforté à la pensée de revoir mon village et, pendant quelques instants, l'affreux dégoût que j'éprouvais fit place à un sentiment de véritable et pure tristesse. J'évoquai dans mon souvenir toutes les beautés de mon pays natal, les montagnes vertes et bleues qui s'élèvent doucement au-dessus du lac, le bruit du vent dans les peupliers, le vol téméraire et fantaisiste des mouettes. Et il me semblait que je n'eusse qu'à quitter cette maudite ville et à rentrer au pays pour que ce pénible sortilège prît fin et que je pusse de nouveau contempler le monde dans tout son éclat, le comprendre et l'aimer.

Tandis que, perdu dans mes pensées, je continuais à flâner, je m'égarai dans les petites rues de la vieille ville et me retrouvai à l'improviste devant la boutique de mon libraire. Il avait exposé dans sa vitrine une gravure représentant le portrait d'un savant du dix-septième siècle et avait disposé autour de celle-ci des livres anciens aux reliures de cuir, de parchemin ou de bois. A cette vue, une nouvelle série d'images fugitives défilèrent dans mon cerveau fatigué et je m'empressai d'y découvrir un moyen de me rassurer et de me distraire. Il s'agissait d'images agréables et quelque peu languissantes qui évoquaient une vie studieuse et monacale, un bonheur tranquille, résigné et légèrement poussiéreux sous la lampe de travail et dans l'odeur des vieux livres. Pour retenir un moment encore cette impression passagère de réconfort, j'entrai dans la boutique où je fus aussitôt accueilli par l'aimable commis dont j'ai déjà parlé. Par un étroit escalier en colimaçon, il me conduisit au premier étage où de vastes locaux étaient garnis jusqu'au plafond de rayonnages chargés de livres. Il me semblait que les sages et les poètes de tous les siècles, personnifiés dans leurs œuvres, me fixaient de leurs tristes orbites d'aveugles, tandis que le bouquiniste attendait sans rien dire et m'observait discrètement.

Je m'avisai soudain de chercher un réconfort auprès de cet homme silencieux. Je regardai son visage sympathique, à l'expression ouverte et lui dis :

« Je vous en prie, dites-moi ce que je devrais lire. Vous savez sûrement dans quel genre d'ouvrages on peut trouver quelque chose de consolant et de salutaire. Vous semblez plein de bonté et digne de confiance.

— Êtes-vous malade ? demanda-t-il à voix basse.

— Un peu.

— C'est grave ?

— Je ne sais pas. C'est le *taedium vitae*. »

Son honnête visage prit alors une expression très sérieuse et, avec gravité, il déclara catégoriquement :

« Je sais ce qu'il vous faut. »

Et comme je l'interrogeais du regard, il commença à me parler, avec force détails à l'appui, de la Société théosophique à laquelle il appartenait. Plusieurs de ces choses ne m'étaient pas inconnues mais je n'étais pas en mesure de l'écouter avec l'attention qu'il méritait. Je ne percevais qu'un flot de paroles lénifiantes, bien intentionnées et cordiales, où il était question du karma, de la réincarnation et, lorsqu'il cessa de discourir et se tut, légèrement embarrassé, je ne sus que lui répondre. Finalement je lui demandai s'il pouvait m'indiquer des ouvrages dans lesquels je pourrais étudier ces matières. Il alla aussitôt chercher un petit catalogue de livres théosophiques.

« Lequel dois-je lire ? demandai-je, hésitant.

— L'ouvrage fondamental sur la doctrine est celui de Mme Blavatsky, déclara-t-il d'un ton péremptoire.

— Eh bien, donnez-le-moi. »

Il parut de nouveau gêné.

« Je ne l'ai pas en ce moment, je devrais le faire venir. Mais il faut que je vous dise... cette œuvre comprend deux gros volumes et coûte plus de cinquante marks. Dois-je essayer de vous la procurer à titre de prêt ?

— Non merci, commandez-la seulement. »

Je lui donnai mon adresse et le priai de m'envoyer les volumes contre remboursement, puis je pris congé de lui et m'en allai.

Je savais déjà à ce moment-là que *La Doctrine secrète* ne me serait d'aucun secours. Je voulais simplement faire un petit plaisir au libraire. Et pourquoi ne passerais-je pas quelques mois à ma table de travail avec les tomes de Mme Blavatsky rangés derrière moi ?

Je pressentais aussi que mes autres espoirs ne seraient pas plus solides. Je sentais confusément que, dans mon village aussi, tout se serait engrisaillé, aurait perdu son éclat et qu'il en serait de même partout où j'irais.

Ce pressentiment ne m'a pas trompé. Quelque chose s'est perdu qui existait autrefois sur la terre, un certain parfum d'innocence, une certaine grâce et je ne sais pas si cela pourra jamais revenir.

Table

La conversion de Casanova (1906) 7
Charles-Eugène Eiselein (1903) 43
L'Hôtel de Ville (1903) 85
Randonnée d'automne (1905) 125
Fragment tiré des souvenirs de jeunesse (1907) ... 165
Taedium vitae (1908) 193

DU MÊME AUTEUR

aux Éditions Calmann-Lévy

romans

LE LOUP DES STEPPES
PETER CAMENZIND
L'ORNIÈRE
GERTRUDE
LE VOYAGE EN ORIENT
Préface d'André Gide
LE JEU DES PERLES DE VERRE
ROSSHALDE
KNULP
NARCISSE ET GOLDMUND

nouvelles

ENFANCE D'UN MAGICIEN
LES FRÈRES DU SOLEIL
LE DERNIER ÉTÉ DE KLINGSOR
BERTHOLD
LA LEÇON INTERROMPUE
UNE PETITE VILLE D'AUTREFOIS
LA CONVERSION DE CASANOVA
LE POÈTE CHINOIS
FIANÇAILLES
SOUVENIRS D'UN EUROPÉEN
LETTRES (1900-1962)
CONTES MERVEILLEUX

Composition réalisée par EUROCOMPOSITION

IMPRIMÉ EN FRANCE PAR BRODARD ET TAUPIN
Usine de La Flèche (Sarthe).
LIBRAIRIE GÉNÉRALE FRANÇAISE - 6, rue Pierre-Sarrazin - 75006 Paris.
ISBN : 2 - 253 - 93210 - 8 42/3210/4